日本児童文学者協会70周年企画　　児童文学 10の冒険

なぞの扉をひらく

編
＝
日本児童文学者協会

偕成社

児童文学　10の冒険

なぞの扉をひらく

児童文学 10の冒険

なぞの扉をひらく

もくじ

凡例

- 本シリーズは各巻に三〜五点の作品を収録した。
- 選集、全集などの単行本以外を底本とした場合は、出典一覧にその旨を記した。
- 一部の作品は著者が部分的に加筆修正した。
- 漢字には振り仮名を付した。
- 表記は原則として底本どおりとし、明らかな誤記は訂正した。また、本文中の一部に現在では不適当な表現もあるが、作品発表時の時代背景などを考慮し、底本どおりとした。

地獄堂《じごくどう》と三人悪《さんにんあく》と幽霊《ゆうれい》と

香月日輪《こうづきひのわ》

1

ふたつ池《いけ》には、お化《ば》けが出《で》るらしい。

上院高生《じょういんこうせい》の間《あいだ》じゃ、もっぱらのうわさだ。

黄昏《たそがれ》に染《そ》まりゆく空《そら》。

夕闇《ゆうやみ》が、だんだんとその色《いろ》をます頃《ころ》、池《いけ》のほとりにボーッと立《た》つ女《おんな》の姿《すがた》。

どんな顔《かお》かはわからない。

ただ、水色《みずいろ》のワンピースだけが、やけに哀《かな》しげに、風《かぜ》もないのに揺《ゆ》らめいている……。


「星野《ほしの》が見《み》たってよ！　昨日《きのう》!!」

「マジかよー。どうも信《しん》じられねえ。なんかの見間違《みまちが》いじゃねえのかよ!?」

「でも、星野《ほしの》だけじゃねえんだぜ。バスケのさあ、ほかの奴《やつ》らも、一緒《いっしょ》に見《み》たってんだからさあ！」

「マジかよー」

上院高《じょういんこう》の生徒《せいと》が二人《ふたり》、そんな話《はなし》をしながら、ヨタリヨタリと歩《ある》いていた。その時《とき》、

「おい！　お前《まえ》!!」

と、あどけない割《わり》には、やけにえらそうな声《こえ》が、頭《あたま》の上《うえ》から降《ふ》ってきた。

びっくりして顔《かお》を上《あ》げる。

ブロック塀《べい》の上《うえ》に、見《み》たところ小学校《しょうがっこう》三年生《ねんせい》ぐらいの、つんつん頭《あたま》、フワフワうさぎ頭《あたま》、サラサラ黒髪頭《くろかみあたま》のチビが三人《にん》、ふんぞり返《かえ》って高校生《こうこうせい》を見下《みお》ろしていた。

「なんだ……お前《まえ》ら……」

「上院《じょういん》のてつ……じゃねえか、お前《まえ》」

「なに、お前《まえ》知《し》ってんの!?」

「上院小《じょういんしょう》の番長《ばんちょう》だよ。こいつ、真《ま》ン中《なか》の、つんつん頭《あたま》のチビ」

「へえ〜、番長《ばんちょう》ねぇ……」

「こいつら三人《にん》、トリオでよ。あっちこっちで、イタズラしまくりなんだよ。なあ、お前《まえ》らよ。『イタズラ大王《だいおう》』とか、『三人悪《さんにんあく》』とかってんだろ。駅前《えきまえ》あたりじゃ、有名《ゆうめい》だよな」

三人《にん》のチビは答《こた》えなかった。あいかわらず鋭《するど》い目《め》つきで、高校生二人《こうこうせいふたり》をにらんでいる。

「その大王《だいおう》さまが、なんか用《よう》かよ」

「お前《まえ》、こないだ、津田《つだ》って小学生《しょうがくせい》いじめて、五百円《えんま》巻き上《あ》げただろ」

つんつん頭《あたま》のチビ、「上院《じょういん》のてつ」が言《い》った。声《こえ》は高《たか》いが、その響《ひび》きは深《ふか》く、腰《こし》が入《はい》っていて、高校生《こうこうせい》には神経《しんけい》にカチンとくるような、「大人《おとな》の雰囲気《ふんいき》」を持《も》っていた。

「なんだ、このガキ……やけにえらそーだなー」

「五百円返《えんかえ》せよ」

「ツダかなんか知《し》らねえけどよ。俺《おれ》ぁ、いじめてなんかいねーぜ。ちょっと小突《こづ》いたら、泣《な》きだしたんだよ。五百円《えん》はくれるってゆーから、もらっただけだよ」

高校生《こうこうせい》はそう言《い》って、「あかんベー」と舌《した》を出《だ》した。

「行《い》こうぜ。ガキの相手《あいて》なんかしてられるか」

そう言《い》って、二人《ふたり》が歩《ある》きだそうとした時《とき》、バラバラバラッとその足元《あしもと》めがけ、火《ひ》のついた2B弾《にビーだん》が、雨《あめ》アラレと降《ふ》りそそいだ。

バンバンバンバンバンッッ!!

「ひゃあ――――っ!!」

すさまじい音《おと》と煙《けむり》の炸裂《さくれつ》！　高校生二人《こうこうせいふたり》は、抱《だ》き合《あ》って飛《と》び上《あ》がった。

もうもうと立《た》ちこめる煙《けむり》と火薬《かやく》の臭《にお》い。目《め》は痛《いた》い、鼻《はな》はつまる、耳《みみ》はじんじん。二人《ふたり》は道《みち》ばたで、エビぞりになって咳込《せきこ》んだ。そこへ、とどめとばかり浴《あ》びせかけられたのは、ホカホカと、立《た》つ湯気《ゆげ》も新鮮《しんせん》なうんちの山《やま》！

「ひょええ――っっ!!」

あまりの攻撃《こうげき》のすさまじさに、高校生《こうこうせい》は呆然唖然《ぼうぜんあぜん》。その場《ば》にへたり込《こ》んでしまった。

「牛《ぎゅう》フンだ。人間《にんげん》のでないだけ、有難《ありがた》いと思《おも》え！」

と言《い》う大王《だいおう》さまのお言葉《ことば》の、なんと情《なさ》け容赦《ようしゃ》のないことか！

「いいか！　今度小学生《こんどしょうがくせい》いじめたり、カツアゲなんて、クソのやるような真似《まね》してみろ。こんなもんじゃすまねえからな！」

空気《くうき》がビリビリ震《ふる》える、そのド迫力《はくりょく》！　この上《うえ》をゆくお仕置《しお》きなど、この世《よ》にありえるのだろうか。考《かんが》えるだに恐《おそ》ろしい。

大王《だいおう》さま三人《にん》は、恐怖《きょうふ》の予言《よげん》を叩《たた》きつけると、塀《へい》を走《はし》り、屋根《やね》を伝《つた》って、風《かぜ》のごとく消《き》え去《さ》った。

騒《さわ》ぎを聞《き》きつけて近所《きんじょ》がざわめきはじめたが、高校生二人《こうこうせいふたり》は、うんちにまみれ、ポカンと座《すわ》り込《こ》んだままだ。小学生《しょうがくせい》から五百円《えん》を巻《ま》き上《あ》げたぐらいで、なぜ牛《ぎゅう》フンを頭《あたま》からかぶらねばならないのだろう……なんだか、しみじみ悲《かな》しくなった。とばっちりを受《う》けた連《つ》れの高校生《こうこうせい》は、もっと悲《かな》しかった。三人《にん》が走《はし》り去《さ》った塀《へい》の上《うえ》、広《ひろ》がる青《あお》い空《そら》を見《み》つめていたら、深《ふか》い深《ふか》いため息《いき》がもれた。

玄関先《げんかんさき》で盆栽《ぼんさい》をいじくりながら、この一部始終《いちぶしじゅう》を見《み》ていた林屋《はやしや》のご隠居《いんきょ》も、思《おも》わず、深《ふか》いため息《いき》を吐《つ》いて呟《つぶや》いた。

「……おそるべし、イタズラ大王《だいおう》……」

2

金森《かなもり》てつし。小学校《しょうがっこう》五年生《ねんせい》。最上級生《さいじょうきゅうせい》をおさえて、上院小学校《じょういんしょうがっこう》の番《ばん》を張《は》っている。チビのくせに、やたらめったら腕《うで》が立《た》ち、ブッ飛《と》ばした相手《あいて》は数知《かずし》れず。場数《ばかず》だけでも、そこらの不良《ふりょう》じゃあ、逆立《さかだ》ちしたって敵《かな》わない。後輩《こうはい》を守《まも》って中学生相手《ちゅうがくせいあいて》にケンカを買《か》い、見事《みごと》、これを叩《たた》きのめし、学校中《がっこうじゅう》に、「上院《じょういん》のてつ」の名《な》をとどろかせた大親分《おおおやぶん》である。

てつしと、向《む》かいん家《ち》のリョーチンと、一組《くみ》の椎名《しいな》は、町内《ちょうない》じゃ知《し》らぬ者《もの》とてない名《めい》物《ぶつ》トリオ。いつでもどこでも、三人《にん》つるんでは、町内《ちょうない》を、公園《こうえん》を、山《やま》を川《かわ》を、刺激《しげき》を求《もと》めて徘徊《はいかい》している。

新島良次《にいじまりょうじ》、通称《つうしょう》「リョーチン」。てつしの幼《おさな》なじみにして、右腕的存在《みぎうでてきそんざい》。フワフワうさぎ頭《あたま》のやせたチビだが、障害物競走《しょうがいぶつきょうそう》をやらせれば、右《みぎ》に出《で》る者《もの》は一人《ひとり》もいない「足技《あしわざ》」を持《も》つ。

椎名裕介《しいなゆうすけ》は、短気《たんき》でバカなてつしを助《たす》ける軍師役《ぐんしやく》。常《つね》に冷静沈着《れいせいちんちゃく》、頭脳明晰《ずのうめいせき》、サラサラ黒髪《くろかみ》、切《き》れ長《なが》の目《め》の美少年《びしょうねん》。でも、ちょっと変人《へんじん》。

このトリオ。誰《だれ》が呼《よ》んだか、「町内《ちょうない》イタズラ大王三人悪《だいおうさんにんあく》」。その機動力《きどうりょく》と行動《こうどう》の突飛《とっぴ》さは、小学生《しょうがくせい》レベルをはるかに超《こ》えており、ゲームセンターと公園《こうえん》で、同時《どうじ》に見《み》かけたという、なかば伝説《でんせつ》と化《か》したエピソードを持《も》ち、なにか妙《みょう》な事件《じけん》が起《お》こった時《とき》には、いつも真《ま》っ先《さき》に容疑者《ようぎしゃ》として取《と》り調《しら》べを受《う》ける身分《みぶん》である。

ところで。

この「三人悪《さんにんあく》」の住《す》む上院《じょういん》の街《まち》の外《はず》れに「地獄堂《じごくどう》」がある。

地獄堂《じごくどう》は、江戸時代《えどじだい》あたりから続《つづ》いている薬屋《くすりや》で、普通《ふつう》の薬局《やっきょく》で売《う》っているような薬《くすり》ではなく、茶色《ちゃいろ》の紙袋《かみぶくろ》とか、銀色《ぎんいろ》のカンカンとかに入《はい》っている漢方薬風《かんぽうやくふう》のものを置《お》いてある、そのまま時代劇《じだいげき》に出《で》てきそうな店《みせ》だ。店《みせ》の本当《ほんとう》の名《な》は「極楽堂《ごくらくどう》」というのだが、右《みぎ》に大《おお》きく傾《かたむ》いた、ぼろい木造《もくぞう》二階《かい》建《だ》て、正面《しょうめん》入《い》り口横《ぐちよこ》のガラスケースの中《なか》には、脳《のう》みそ、はらわた丸出《まるだ》しの人体模型《じんたいもけい》が飾《かざ》ってあるこの店《みせ》を、「極楽堂《ごくらくどう》」などと呼《よ》ぶ者《もの》は、一人《ひとり》もいない。さしもの「上院《じょういん》のてつ」も、幼稚園《ようちえん》の頃《ころ》は、地獄堂《じごくどう》の前《まえ》を目《め》をつむって走《はし》って通《とお》ったほどだ。

さらにガキどもを震《ふる》え上《あ》がらせたのは、地獄堂《じごくどう》のおやじだった。

このおやじは、うわさじゃ百歳《さい》をとうに、とうに、とうに超《こ》えているらしいじじいで、真《ま》っ白《しろ》でボサボサの髪《かみ》の毛《け》、しわくちゃの顔《かお》にとんがった鼻《はな》、細《ほそ》いくせにやたらキラキラ光《ひか》る目《め》をしていて、恐《おそ》ろしいしわがれ声《ごえ》でしゃべる。いつも、電球《でんきゅう》が一個《こ》しかない、薄《うす》暗《ぐら》い店《みせ》の奥《おく》に座《すわ》って、机《つくえ》の上《うえ》に置《お》いてある、でっかい水晶玉《すいしょうだま》で、街《まち》に起《お》こることをなんでも見《み》ているらしい。さらに、真《ま》っ黒《くろ》で、目《め》が金色《きんいろ》で、口《くち》の中《なか》が真《ま》っ赤《か》で、声《こえ》を出《だ》して笑《わら》っているのを見《み》たという、笑《わら》えないうわさがある怪猫《かいびょう》ガラコを、いつも膝《ひざ》の上《うえ》に抱《だ》いている。

しかし、地獄堂《じごくどう》の薬《くすり》はよく効《き》くと、年寄《としよ》りや主婦《しゅふ》に人気《にんき》があり、子《こ》どもたちの間《あいだ》では、「恐怖《きょうふ》のおつかいポイント」として恐《おそ》れられている。

さて。

今日《きょう》も今日《きょう》とて、三人悪《さんにんあく》は学校《がっこう》を昼《ひる》からサボり、いつものなわばりのふたつ池《いけ》で、蛙《かえる》釣《つ》りなどにうつつをぬかしていた。ここからの帰《かえ》り道《みち》は、地獄堂《じごくどう》の前《まえ》を通《とお》る。昔《むかし》は、目《め》をつむって、フルスピードで駆《か》け抜《ぬ》けたものだが、今《いま》では、悠々《ゆうゆう》と歩《ある》く余裕《よゆう》がみられる三人《にん》である……が、

「てつし……」

薄暗《うすぐら》い店《みせ》の奥《おく》から、死神《しにがみ》の使《つか》いのような声《こえ》をかけられ、三人《にん》とも思《おも》わずビビッてしまった。ちょっと悔《くや》しい。なにせ、耳《みみ》のすぐそばで声《こえ》がしたのだから、これは怖《こわ》かった。

「てつし……また学校《がっこう》サボったな……」

おやじが、キラキラした目《め》を細《ほそ》めて、じっとこちらを見《み》ている。ガラコが、同《おな》じ目《め》をして三人《にん》を見《み》つめているのが、すっげえ怖《こわ》い。

「なんでわかんのかなあ……？」

「やっぱり、あの水晶玉《すいしょうだま》で、全部《ぜんぶ》わかっちまうんだぜ」

リョーチンも椎名《しいな》もビビッてる。ここでひるんでは番長《ばんちょう》の名折《なお》れ、てつしは、ことさらふんぞり返《かえ》って答《こた》えてみせた。

「それがどうした。悪《わる》いか、じじい！」

「ひひひひ、あいかわらず鼻息《はないき》の荒《あら》い奴《やつ》よ」

おやじは、目玉《めだま》を嬉《うれ》しそうに、きろりきろりと動《うご》かした。

「まあ、入《はい》って、芋飴《いもあめ》でも食《く》えや」

「芋飴《いもあめ》！」

おやじが作《つく》っているかどうかはわからないが、地獄堂《じごくどう》の芋飴《いもあめ》はうまい。文机《ふづくえ》の上《うえ》の皿《さら》に、いつも盛《も》られてあって、おつかいにいくのは怖《こわ》いが、この芋飴《いもあめ》をつまむのは楽《たの》しみだ、という子《こ》どものファンは多《おお》い。三人悪《さんにんあく》ものそのそと、芋飴《いもあめ》につられて店《みせ》の中《なか》へ入《はい》っていった。

飴《あめ》を頬張《ほおば》りながら、改《あらた》めて店《みせ》の中《なか》を見渡《みわた》すと、三人《にん》とも、昔《むかし》ほど怖《こわ》くは感《かん》じなかった（でも、人体模型《じんたいもけい》だけは、やっぱり気持《きも》ち悪《わる》かった）。薄暗《うすぐら》い店内《てんない》には、駄菓子屋《だがしや》に置《お》いてあるような、木枠《きわく》のガラスケースが並《なら》んでいて、中《なか》には、妙《みょう》ちきりんな形《かたち》の草《くさ》とか、何《なに》かの干物《ひもの》とかが入《はい》っている。しかし、変《へん》なところはそれぐらいで、あとはハエ取《と》りリボンとか、トイレットペーパーとか、耳《みみ》かきとかが置《お》いてあった。三人《にん》は、物《もの》めずらしさに、狭《せま》い店内《てんない》をキョロキョロとかぎ回《まわ》り始《はじ》めた。

「おやじ！　これ何《なに》？　これ？」

椎名《しいな》が無表情《むひょうじょう》に興奮《こうふん》している。椎名《しいな》は、どこに行《い》っても、その場《ば》に慣《な》れるのがメチャ早《はや》いのだ。もうすっかり怖《こわ》いもの知《し》らずで、ガラスに張《は》りついている。

「それは朝鮮人参《ちょうせんにんじん》だ」

「あっ、知《し》ってるぞ。これを食《た》べるとビンビンになるんだぞ」

リョーチンが得意顔《とくいがお》で言《い》った。

「ビンビンって、なにがビンビンになるんだ？」と、てつし。

「……さあ……」

リョーチンの情報《じょうほう》は、いつも尻切《しりき》れトンボである。

「ひっひひひ……」

でっかい八重歯《やえば》をむき出《だ》して、おやじが笑《わら》った。吸血鬼映画《きゅうけつきえいが》そのまんまである。ガラコが、同《おな》じように笑《わら》っているように見《み》えたのは、気《き》のせいだろうか。

「てっちゃん、てっちゃん、見《み》ろよ！　ミミズ！　ミミズ!!」

「でっけえ!!」

「熱《ねっ》さましよ」

「げえー、ウッソだあー。ミミズなんか食《く》えねえよ」

「あー、これ、うちにもあるぞ。そおかあ、ここの薬《くすり》だったのかあ。よく効《き》くんだよなあ、これ。キリキズとかスリキズにさあ」

いつの間《ま》にやら三人悪《さんにんあく》は、芋飴《いもあめ》をパクつきながら、すっかり盛《も》り上《あ》がってしまっていた。昔《むかし》は、ただ怖《こわ》かっただけの地獄堂《じごくどう》も、今《いま》は何《なに》か、不思議《ふしぎ》なものでいっぱいのワンダーゾーンのようで、ポンポコ山探検《やまたんけん》よりおもしろかった。おやじは、三人《にん》が店《みせ》の物《もの》のことで、わちゃわちゃと騒《さわ》ぐのを、ひひひと笑《わら》いながら眺《なが》めていた。

ふと、椎名《しいな》がおやじに向《む》かって、ボソッと言《い》った。

「おやじ、ふたつ池《いけ》には幽霊《ゆうれい》が出《で》るってホントか」

椎名《しいな》はいつも、変《へん》なことをボソッと言《い》う。

「ヘンなこと言《い》うなよお――、椎名《しいな》あ。怖《こわ》いじゃないかよう――」

「何《なに》ビビッてんだ、リョーチン。ユーレイなんて、いるわけないだろ。俺《おれ》たち、いつもあそこで遊《あそ》んでるけど、ユーレイなんて見《み》たことないじゃねえか」

幽霊《ゆうれい》、妖怪《ようかい》の類《たぐい》には、トンと興味《きょうみ》のないてつしは、「へっ」と鼻《はな》を鳴《な》らした。

「もっと暗《くら》くなってから出《で》るんだってさ。高校生《こうこうせい》とかが、もう何人《なんにん》も見《み》てるんだ。水色《みずいろ》の服着《ふくき》て、池《いけ》のそばに立《た》ってるんだって、隣《となり》の兄《にい》ちゃんが言《い》ってた」

「ふーん」と、てつしは、あまり何《なに》も感《かん》じてないようだったが、リョーチンは、いきなりイマジネーションを暴走《ぼうそう》させたらしく、目《め》は上《うえ》を向《む》き、口《くち》が半開《はんびら》きになっている。イタズラ大王《だいおう》も心霊現象《しんれいげんしょう》には弱《よわ》いのだ。

「池《いけ》のそばに桜《さくら》の木《き》があるじゃろ」

おやじが、ガラコを撫《な》でながら呟《つぶや》いた。

「木《き》はあるよな。あれ、桜《さくら》、だったかな」

「あの根《ね》もとに死体《したい》が埋《う》まっとるのよ……」

「……え……？」

シタイ？　したい？　――死体《したい》……⁉

三人《にん》の生活《せいかつ》には縁《えん》のない単語《たんご》だったので、脳《のう》みそにしみるのにだいぶかかったのか、ポカンとしているガキどもに、おやじは、さらに恐《おそ》ろしいしわがれ声《ごえ》でささやいた。

「その死体《したい》は、男《おとこ》に殺《ころ》されて埋《う》められた女《おんな》でな……それが悔《くや》しくて、あの世《よ》へ行《い》けんと、化《ば》けて出《で》とるのよ」

そう言《い》っておやじは、「ひひひ」と笑《わら》った。三人《にん》はもちろん、にわかには信《しん》じられなかったが、ゾーッと感《かん》じるものはあった。なんだか、嘘《うそ》を言《い》っているとは思《おも》えない。

「なんでわかるんだっ、おやじ！」

てつしが、たまらず詰《つ》め寄《よ》った。

「その水晶玉《すいしょうだま》で見《み》たのか。おやじは、本当《ほんとう》にそれで、何《なん》でもわかっちまうのかっ！」

ガラコが、てつしの大声《おおごえ》に怒《おこ》ったのか、おやじの膝《ひざ》の上《うえ》で、フゥッと毛《け》を逆立《さかだ》てた。

「ひひひ……」

おやじはそれには答《こた》えず、妙《みょう》に嬉《うれ》しそうに笑《わら》いながら言《い》った。

「その女《おんな》がな……ここに来《く》るのよ。毎日今頃《まいにちいまごろ》の時間《じかん》になるとな……」

「……えっ……？」

三人《にん》は、思《おも》わず後《あと》ずさり、あたりをキョロキョロ見回《みまわ》した。

「この店《みせ》へ来《き》ては、ブツブツとうらみ言《ごと》を言《い》うのでな、わしは、いつもこいつと二人《ふたり》で、それを聞《き》いてやるのよ」

おやじは、ガラコの頭《あたま》をゆっくりと撫《な》でた。ゴロゴロと気持《きも》ちよさそうな音《おと》が聞《き》こえる。

てつしも椎名《しいな》も、思《おも》わず絶句《ぜっく》したその時《とき》、

「てっちゃん、帰《かえ》ろうよおおおお――――っ!!」

突然《とつぜん》、リョーチンが、絞《し》められた鶏《にわとり》のような声《こえ》を張《は》り上《あ》げた。

「ひゃあ――――っっ！」

その声《こえ》のほうに驚《おどろ》いて、てつしも椎名《しいな》も、三人《にん》はそろって、ドドドッと表《おもて》へ飛《と》び出《だ》してしまった。後《うし》ろから、おやじの「ひひひ」笑《わら》いが聞《き》こえたが、パニックで銀河《ぎんが》の果《は》てまでブッ飛《と》んでしまった三人《にん》には、そんなことを気《き》にする余裕《よゆう》などなく、一本道《いっぽんみち》を、それこそ転《ころ》がるように一気《いっき》に駆《か》け下《お》りて行《い》った。

夢中《むちゅう》で走《はし》って公園《こうえん》の水場《みずば》にたどりつき、顔《かお》を洗《あら》うようにして水《みず》を飲《の》み、やっとこさ、一息《ひといき》ついた。するとてつしは、なんだか無性《むしょう》に腹《はら》が立《た》ってきた。

「おやじの奴《やつ》……俺《おれ》たちビビらそうと思《おも》って、フカシこいてんじゃねえか？」

「……そうなのかなあ……？」

リョーチンと椎名《しいな》は、顔《かお》を見合《みあ》わせた。

それにしても、「上院《じょういん》のてつ」ともあろう者《もの》が、年寄《としよ》りのヨタ話《ばなし》に飛《と》び上《あ》がってしまうとは……。そんな自分《じぶん》を、てつしは海《うみ》より深《ふか》く反省《はんせい》した。

「よ――し。こうなりゃ、ホントかどうか調《しら》べてやる！」

3

翌日《よくじつ》。三人悪《さんにんあく》は、朝《あさ》からふたつ池《いけ》に集結《しゅうけつ》した。

「よお――し、土掘《つちほ》るもん持《も》ってきたかあ？」

「おお！」

勇壮《ゆうそう》なかけ声《ごえ》で応《こた》えたリョーチンの手《て》には、園芸用《えんげいよう》の小《ちい》さなスコップが、椎名《しいな》の手《て》には
プラスチックの熊手《くまで》が握《にぎ》られていた。熊手《くまで》でなにを掘《ほ》ろうというのか。

「何《なん》だよ、お前《まえ》ら、そのエモノはあ。死体《したい》を掘《ほ》るんだぞ、椎名《しいな》、アサリ掘《ほ》りじゃないんだぞ」

「だって、これしかなかったんだよ」

「てっちゃん、ソレ、どっから持《も》ってきたんだ？」

てつしが持《も》ってきたエモノは、自分《じぶん》の身《み》の丈《たけ》もあろうかという、土木作業用《どぼくさぎょうよう》のスコップだった。しかも、かなり使《つか》い込《こ》んだものらしく、土《つち》や汗《あせ》で汚《よご》れ、鉄《てつ》の部分《ぶぶん》にはサビが浮《う》い

ている。さらに柄《え》の部分《ぶぶん》には「高田建設《たかだけんせつ》」と名《な》が入《はい》っている。

「四丁目《ちょうめ》の工事現場《こうじげんば》から持《も》ってきたんだ」

ヘヘンと威張《いば》ってみせたてつしだが、この場合《ばあい》の「持《も》ってきた」は、もちろん「黙《だま》って持《も》ってきた」の意味《いみ》である。リョーチンと椎名《しいな》は、「さすがリーダー」と、てつしの勇気《ゆうき》と行動力《こうどうりょく》をたたえ、三人《にん》はさっそく仕事《しごと》に取《と》りかかった。

ふたつ池《いけ》は、「ふたつ池遊歩道《いけゆうほどう》」という、上院小学校《じょういんしょうがっこう》の脇《わき》から始《はじ》まる遊歩道《ゆうほどう》の終点《しゅうてん》にある。イラズの森《もり》に沿《そ》って、片側《かたがわ》に畑《はたけ》を見《み》ながら、ゆるゆると続《つづ》く細《ほそ》い遊歩道《ゆうほどう》は、イラズの森周辺《もりしゅうへん》があまりにも寂《さび》しく、殺風景《さっぷうけい》なので、つい最近《さいきん》、道《みち》の両側《りょうがわ》に桜並木《さくらなみき》などをあしらって、整備《せいび》したところだった。全長約《ぜんちょうやく》二キロメートル。終点《しゅうてん》のふたつ池《いけ》は、通称《つうしょう》ポンポコ山《やま》のふもとにある。ポンポコ山《やま》は、ちっぽけだが豊《ゆた》かな水源《すいげん》らしく、ふたつ池《いけ》の水《みず》は、いつも青《あお》く美《うつく》しかった。ふたつ池《いけ》は、最《もっと》も長《なが》いところで五十メートルばかりのひょうたん形《がた》。周辺《しゅうへん》は雑木林《ぞうきばやし》で、別《べつ》にボート小屋《ごや》があるわけでもなく、売店《ばいてん》があるわけでもない。ただ静《しず》かで景色《けしき》がいいというだけの場所《ばしょ》である。

問題《もんだい》の桜《さくら》の木《き》は、周《まわ》りの林《はやし》よりも、やや池《いけ》よりにポツンと立《た》っていた。

「よお――し。キリキリ掘《ほ》れよ、野郎《やろう》ども！」

「おう!!」

気合一発《きあいいっぱつ》。三人《にん》はめずらしく緊張《きんちょう》しまくりで、てつしはざくざくと、リョーチンと椎《しい》名《な》はちまちまと、掘《ほ》り始《はじ》めた。もしかしたら、本物《ほんもの》の人間《にんげん》の骸骨《がいこつ》が出《で》てくるかも知《し》れないのだから。

「そういやリョーチン、お前《まえ》、怖《こわ》くないの?」

熊手《くまで》で土《つち》に筋《すじ》ばっかりつけながら、椎名《しいな》はたずねた。

「うん、昼間《ひるま》だし。ユーレイは怖《こわ》いけど、ガイコツは怖《こわ》くない」

リョーチンは、けろりとして答《こた》えた。

断末魔《だんまつま》の鶏《にわとり》が、乗《の》り移《うつ》ったとしか思《おも》えない声《こえ》を張《は》り上《あ》げ、あの後《あと》、腰《こし》を抜《ぬ》かして、てつしにおんぶしてもらって帰《かえ》った同《おな》じ人物《じんぶつ》とは、とても思《おも》えない。彼《かれ》は、いつもこのように切《き》り替《か》えが早《はや》く、しかもハッキリしているのだ。

それにしても、てつしは黙々《もくもく》と作業《さぎょう》を続《つづ》けている。よほど骸骨《がいこつ》が見《み》たいのか、よほど地獄堂《じごくどう》のおやじにムカついているのか、とにかくがしがし掘《ほ》っている。しかし、地面《じめん》は思《おも》ったよりもずっと固《かた》く、てつしたちは、ずいぶん手《て》こずってしまった。

どれくらい掘《ほ》っただろうか。カチンと、スコップの先《さき》に当《あ》たりがきた。

「ガ……ガイコツだっ！」

それは二十センチほどの、まぎれもない骨《ほね》だった。黄土色《おうどいろ》に薄汚《うすよご》れて、ボロボロになってはいるが、どこから見《み》ても骨《ほね》だった。

「す、すげえ……！」

「おやじの言《い》ったことはホントだったんだ」

サスペンス・ドラマか、ホラー映画《えいが》を見《み》るような、緊張感《きんちょうかん》と興奮《こうふん》が渦巻《うずま》いた。しかし、しばらく骨《ほね》を見《み》つめていた椎名《しいな》が言《い》った。

「でも、てっちゃん、これ、殺《ころ》された人《ひと》だろう？　だったら、警察《けいさつ》に持《も》ってかなきゃならないんじゃないかなあ」

そう言《い》われて、てつしもリョーチンも、急《きゅう》に殺《ころ》された女《おんな》の身《み》の上《うえ》が気《き》の毒《どく》になった。

「そうだな……。殺《ころ》されて、ここに埋《う》められたんなら、お葬式《そうしき》も出《だ》してもらってないだろうし……。そうだ！　これを警察《けいさつ》に持《も》って行《い》けば、犯人《はんにん》が捕《つか》まるかも知《し》れないな」

「そうだ！　そうだよな!!」

そのとき、ガキどもの頭《あたま》にパッと浮《う》かんだのは、「お手柄小学生《てがらしょうがくせい》、殺人犯逮捕《さつじんはんたいほ》に協力《きょうりょく》！」という新聞《しんぶん》の見出《みだ》しだった。

駅前《えきまえ》の派出所《はしゅつじょ》に、嵐《あらし》のように駆《か》け込《こ》んできた三人悪《さんにんあく》を見《み》て、三田村巡査《みたむらじゅんさ》は、「またか」といった顔《かお》をした。口々《くちぐち》にわめき散《ち》らす三人《にん》を、全《まった》く無視《むし》して、

「今度《こんど》は何《なん》だ？　ポンポコ山《やま》に三メートルのたぬきが出《で》たのか。それとも夜叉池《やしゃいけ》に半魚人《はんぎょじん》がいたのか、ああー!?」

と、わざとらしく、ブ厚《あつ》い調書《ちょうしょ》を取《と》り出《だ》して、パラパラとめくった。

「電線《でんせん》に一反木綿《いったんもめん》が引《ひ》っかかっている――ってのもあったな。あれは坂上《さかがみ》のじいさんのふんどしだった……」

「今日《きょう》は、そんなんじゃねえ。殺人事件《さつじんじけん》だぜ！」

てつしが、いつになく真剣《しんけん》に怒鳴《どな》ったが、その空気《くうき》は、三田村巡査《みたむらじゅんさ》には伝《つた》わらなかったようだ。人間《にんげん》、やはり日頃《ひごろ》の行《おこな》いは大切《たいせつ》である。

「ホ――ッ……殺人事件《さつじんじけん》ねえ」

「本当《ほんとう》だぜ！　ふたつ池《いけ》の桜《さくら》の木《き》の下《した》に埋《う》まっているんだ！」

普段《ふだん》、あまり表情《ひょうじょう》の変《か》わらない椎名《しいな》が、必死《ひっし》の形相《ぎょうそう》だ。ここで、三田村巡査《みたむらじゅんさ》にも、いつもとちょっと違《ちが》うな、という気《き》がふと起《お》こった。

「ほら、これ見《み》てくれよ。人間《にんげん》の骨《ほね》だぜ。俺《おれ》たちが、桜《さくら》の木《き》の下《した》で見《み》つけたんだ！」

てつしが差《さ》し出《だ》した骨《ほね》を受《う》け取《と》り、三田村巡査《みたむらじゅんさ》は、いささか緊張《きんちょう》しながら、しげしげまじまじとそれに見入《みい》った。てつしもリョーチンも椎名《しいな》も、ごくりと固唾《かたず》をのんで見守《みまも》った。

十分《ぷん》もたっただろうか（実際《じっさい》は十秒《びょう》ほどだろう）。三田村巡査《みたむらじゅんさ》は両目《りょうめ》を閉《と》じ、口《くち》の端《はし》で「ふっ」と笑《わら》った。その額《ひたい》には青筋《あおすじ》が立《た》っていた。

「一瞬《いっしゅん》でも、真剣《しんけん》になった俺《おれ》がバカだった……。たぬきや半魚人《はんぎょじん》の話《はなし》じゃなくて、めずらしく殺人事件《さつじんじけん》だなんて言《い》うもんだから……」

三人悪《さんにんあく》は、まだ緊張《きんちょう》したままだ。

「そーかそーか、これは新手《あらて》のイタズラなんだな。おまわりさん、ウッカリ乗《の》せられるところだったよ、ハッハッハ、まいったなあ！」

明《あき》らかに、怒《いか》りをはらんだ笑《わら》いである。額《ひたい》の青筋《あおすじ》が、さっきよりもクッキリ浮《う》いている。

ここにきて、てつしたちにも事態《じたい》がのみこめた。

「イタズラなんかじゃねえよ！　ホントに死体《したい》が埋《う》まってるんだ。それが証拠《しょうこ》だろ。女《おんな》の人《ひと》の骨《ほね》だろう！」

「ああ、骨《ほね》だ骨《ほね》だ。リッパな骨《ほね》だ。だけど、こんな骨《ほね》なら、ペットショップに行《い》きゃあ、いくらでも売《う》ってるぜ！」

ペットショップ？

「犬用《いぬよう》のオモチャだろ？　俺《おれ》だって、それぐらい知《し》ってるぜ。お前《まえ》らなあ、こんなもんで、大人《おとな》だませると思《おも》ったら大間違《おおまちが》いだぞ」

犬用《いぬよう》のオモチャ⁉　人間《にんげん》の骨《ほね》じゃなくて⁉

三人《にん》は絶句《ぜっく》した。……じゃあ、朝《あさ》から学校《がっこう》をサボり、工事現場《こうじげんば》からスコップを失敬《しっけい》して頑張《がんば》った俺《おれ》たちは、犬《いぬ》のオモチャを掘《ほ》っていたのか？

「なんだな。こいつぁ、お前《まえ》らのイタズラにしちゃあ、出来《でき》が悪《わる》いぜ。一反木綿《いったんもめん》のほうが、まだ笑《わら》えらあ」

三田村巡査《みたむらじゅんさ》は、目《め》が点《てん》になっている三人《にん》の頭越《あたまご》しに、ヒョイと骨《ほね》を投《な》げた。骨《ほね》は、小《ちい》さなくずかごの中《なか》へ吸《す》い込《こ》まれていった。かさりと、軽《かる》い音《おと》がした。

（……じじいめ……！）

てつしは思《おも》った。まんまといっぱい食《く》わされた！

「さあ――っ、気《き》がすんだら帰《かえ》った帰《かえ》った。忙《いそが》しいんだ、俺《おれ》は」

てつしが憤然《ふんぜん》として出《で》て行《い》った。椎名《しいな》がそれに続《つづ》いたが、リョーチンは、まだ未練《みれん》たらしく呟《つぶや》いた。

「でもよう……ホントなんだよう。調《しら》べてくれよ、ミッタン」

ぷつっ——と、三田村巡査《みたむらじゅんさ》の青筋《あおすじ》が切《き》れる音《おと》がした。

「ミッタンゆうなあああ——!! てめえらガキどもが、現職警察官相手《げんしょくけいさつかんあいて》にタメ口《ぐち》きくんじゃねえ——っっ!!」

ついにてっぺんにきた三田村巡査《みたむらじゅんさ》は、調書《ちょうしょ》を放《ほう》り投《な》げ、椅子《いす》をぶっ飛《と》ばし、警棒片手《けいぼうかたて》に、早逃《はやに》げ出《だ》した三人《にん》めがけて突進《とっしん》した。

「待《ま》ちやがれ、てめえらあ! 二度《にど》とミッタンなんて呼《よ》べねえように、脳《のう》みそブッ叩《たた》いて、裏返《うらがえ》してやらあ——っっ!!」

さて、このガラの悪《わる》さからも推測《すいそく》できるように、三田村巡査《みたむらじゅんさ》は、学生《がくせい》の頃《ころ》はバリバリのツッパリであった。条南高校《じょうなんこうこう》に今《いま》なお連綿《れんめん》と続《つづ》く、硬派《こうは》で知《し》られた「条南高校愚連隊《じょうなんこうこうぐれんたい》」で、「四天王《してんのう》の三田村《みたむら》」の異名《いみょう》を冠《かん》された人物《じんぶつ》である。あわせて、伝説的《でんせつてき》な暴走族《ぼうそうぞく》グループ「黒龍党《こくりゅうとう》」のヘッドとして、今《いま》も不良《ふりょう》どもの間《あいだ》に、その名《な》をとどろかせているのだ。

たかが小学生《しょうがくせい》に、「ミッタン」呼《よ》ばわりされては、メンツにかかわる。(小学生相手《しょうがくせいあいて》にそれも大人《おとな》げないが)。

しかし、敵《てき》は、機動力《きどうりょく》に勝《まさ》る三身合体型《さんしんがったいがた》の生物《せいぶつ》である。

駅前通《えきまえどお》りを猛然《もうぜん》と追《お》いかけて、えり首《くび》に、もう一ミリで届《とど》くというその瞬間《しゅんかん》、それは三つの部分《ぶぶん》にパッと分《わ》かれ、それぞれが別々《べつべつ》の方向《ほうこう》へ、風《かぜ》のように散《ち》って行《い》ってしまった。

「ちくしょお―――っ!!」

駅前商店街《えきまえしょうてんがい》に、今日《きょう》も三田村巡査《みたむらじゅんさ》の絶叫《ぜっきょう》がこだました。通行人《つうこうにん》たちは、「またやってるな」という目《め》をして、彼《かれ》のかたわらを行《ゆ》き過《す》ぎて行《い》った。

4

三つの逃亡《とうぼう》ルートを経《へ》て、三人悪《さんにんあく》は、いつもの手《て》はず通《どお》り地蔵尊《じぞうそん》の三叉路《さんさろ》に集結《しゅうけつ》。その足《あし》で、地獄堂《じごくどう》へなぐり込《こ》みをかけた。

「じじいぃ――っ！」

ケンカは、先《さき》にかましたほうが勝《か》つ。身体《からだ》こそチビだが、度胸《どきょう》の良《よ》さは天下一品《てんかいっぴん》。たとえ相手《あいて》が地獄堂《じごくどう》の妖怪《ようかい》じじいであっても、コケにされて黙《だま》っている「上院《じょういん》のてつ」ではない。ガラスケースも割《わ》れよとばかりの大声《おおごえ》張《は》りあげ、てつしは店《みせ》の奥《おく》へと切《き》り込《こ》んだ。

「よくもフカシこきやがったな、このくされジジイ！　何《なに》が死体《したい》が埋《う》まってるだ、何《なに》が幽《ゆう》霊《れい》が毎日《まいにち》来《く》るだ！　出《で》てきたのは、犬《いぬ》のオモチャじゃねえか、くそったれ――！」

それに続《つづ》く、リョーチンと椎名《しいな》も加《くわ》わっての悪口雑言《あっこうぞうごん》の三重奏《さんじゅうそう》で、狭《せま》い店内《てんない》は、さながら阿鼻叫喚《あびきょうかん》の地獄《じごく》と化《か》した。

おやじはといえば、膝《ひざ》の上《うえ》のガラコ同様《どうよう》、うるさそうに目《め》を細《ほそ》めて、その罵声《ばせい》をじっと浴《あ》びていたが、三人《にん》がとうとう酸欠《さんけつ》でへたり込《こ》み、悪口《わるくち》の嵐《あらし》が収《おさ》まったところで、ゆっくりと言《い》った。

「やれやれ、うるさいことだのう……」

「言《い》いたいことはそれだけか！」

てつしが、再《ふたた》び元気《げんき》を取《と》り戻《もど》して叫《さけ》んだ。

「ひっひひひ……。さっそく掘《ほ》りに行《い》ったのか」

「おお！　掘《ほ》ったとも！　それで、出《で》てきたのは、犬用《いぬよう》のオモチャの骨《ほね》だったぞ！」

おやじは、ガラコをやさしく撫《な》でながら、あきれ顔《がお》で言《い》った。

「お前《まえ》らもバカモノどもだのう。人一人殺《ひとひところ》しておいて、お前《まえ》たちに掘《ほ》り出《だ》せるような、浅《あさ》いところに埋《う》めると思《おも》うか」

「……………」

そういえばそうだ。

獅子奮迅《ししふんじん》の勢《いきお》いで怒鳴《どな》り込《こ》んだ割《わり》には、あっさり納得《なっとく》してしまった三人《にん》だった。

「お前《まえ》たちの力《ちから》では、土《つち》を掘《ほ》って死体《したい》を出《だ》すのは無理《むり》よ。死体《したい》は深《ふか》く埋《う》まって、おまけに桜《さくら》の根《ね》が、がっちりからんでおるからの」

おやじはそこでまた、「ひひひ」と笑《わら》った。

「……なんで、そこまでわかるんだろな」

「女殺《おんなごろ》したの、このおやじなんじゃないか」

リョーチンと椎名《しいな》が、ぼそぼそ呟《つぶや》いた。

バン！　と、てつしが、おやじの前《まえ》の机《つくえ》に両手《りょうて》をつき、ずいっと迫《せま》った。

「そこまで言《い》うなら……おやじ！　どうやったら、その死体《したい》を掘《ほ》り出《だ》せるか、知《し》ってるんだろう、教《おし》えてくれ！」

「掘《ほ》り出《だ》してどうする。英雄《えいゆう》になりたいのか」

「あったりまえだっっっ!!」

それこそは、わが人生哲学唯一究極《じんせいてつがくゆいいつきゅうきょく》の真理《しんり》なりと、ふんぞり返《かえ》ったてつしに、リョーチンと椎名《しいな》は、拍手喝采《はくしゅかっさい》を浴《あ》びせた。

「いいぞ、リーダー！」

「そうでなくっちゃ！」

ガラコが「ふふん」という顔《かお》をした。

てつしは、賛同者《さんどうしゃ》にピースで応《こた》えると、再《ふたた》びおやじのほうへ、くるりと向《む》き直《なお》り、初《はじ》めて本気《ほんき》な顔《かお》つきで言《い》った。

「だけど、それだけじゃねえぞ。殺《ころ》された女《おんな》がかわいそうだからだ。いつまでたっても、お葬式《そうしき》も出《だ》してもらえないし、家族《かぞく》の人《ひと》だって心配《しんぱい》してる。死《し》んだなら死《し》んだって、わかったほうがマシにきまってる。殺《ころ》した犯人《はんにん》が捕《つか》まれば、もっといい。おやじが、どうして女《おんな》の死体《したい》を掘《ほ》ってやらないのかは、この際《さい》きかねえ。方法《ほうほう》を教《おし》えてくれたら、俺《おれ》がやる。女《おんな》を、土《つち》の中《なか》から出《だ》してやろうぜ」

てつしは、驚《おどろ》くほど男《おとこ》らしい表情《ひょうじょう》をしていた。リョーチンも椎名《しいな》も、思《おも》わずハッとしたくらいだ。

地獄堂《じごくどう》のおやじは、細《ほそ》い目《め》をさらに細《ほそ》めて、てつしを見《み》つめていた。目玉《めだま》が、妙《みょう》にキラキラ光《ひか》っている。そして、ゆっくりうつむくと、いつもの「ひひひ」笑《わら》いとは全《まった》く違《ちが》う、何《なに》か……満足気《まんぞくげ》な笑《わら》いを口《くち》の端《はし》に浮《う》かべた。

「よかろう……」

一言《ひとこと》そう言《い》うと、おやじは机《つくえ》の小《ちい》さな引《ひ》き出《だ》しから、一枚《まい》の紙《かみ》きれをするりと取《と》り出《だ》した。

それは、ノートを縦《たて》に半分《はんぶん》にしたぐらいの大《おお》きさの、白《しろ》い和紙《わし》のような紙《かみ》で、朱色《しゅいろ》の文《も》字《じ》とも記号《きごう》ともつかない模様《もよう》が書《か》き込《こ》まれていた。

「これをお前《まえ》にやろう、てつし」

「これは……?」

「これはな、特別《とくべつ》な力《ちから》がこめられた札《ふだ》だ。いいか、日《ひ》が沈《しず》む直前《ちょくぜん》の頃《ころ》、そろそろ人《ひと》の顔《かお》が夕闇《ゆうやみ》にまぎれて消《き》えかかる頃《ころ》に、この札《ふだ》を、あの桜《さくら》の木《き》に貼《は》り付《つ》けろ。手《て》で押《お》しつけるだけでいい。それから、札《ふだ》を人差《ひとさ》し指《ゆび》と中指《なかゆび》で指差《ゆびさ》す。その指《ゆび》から念《ねん》を送《おく》れ。女《おんな》を助《たす》けたいという念《ねん》をな……」

三人《にん》は、にわかに緊張《きんちょう》した。

いままでに体験《たいけん》したことのない、何《なに》か日常《にちじょう》とかけ離《はな》れた、別《べつ》の世界《せかい》が、今《いま》、三人《にん》に、確実《かくじつ》に迫《せま》ろうとしている。それが、ヒシヒシと感《かん》じられた。

「それでな……。いいか。そこで、札《ふだ》に向《む》かって、こう唱《とな》えるんだ。いいか。一度《いちど》しか言《い》わないぞ……」


おんあぼきゃべいろしゃのう　まかぼだらまにはんどまじんばらはらばりたやうん

瞬間《しゅんかん》――てつしは、電撃《でんげき》に打《う》たれた気《き》がした。

その言葉《ことば》は、生《い》き物《もの》のように形《かたち》となって固《かた》まり、てつしの目《め》から、身体《からだ》の中《なか》へ飛《と》び込《こ》むと、百万分《ぶん》の一秒《びょう》の間《あいだ》に、脳《のう》といわず血管《けっかん》といわず、身体中《からだじゅう》を駆《か》けめぐった。目《め》の前《まえ》に、光《ひかり》とも模様《もよう》ともつかない映像《えいぞう》が乱《みだ》れ飛《と》び、頭《あたま》がくらくらした。

「覚《おぼ》えたか……」

おやじのしわがれ声《ごえ》で、てつしはハッと我《われ》に返《かえ》った。身体《からだ》は、なんともなかった。

「……ああ、覚《おぼ》えた」

てつしは、人《ひと》が変《か》わったように落《お》ち着《つ》いた声《こえ》で言《い》った。そして、サッと向《む》きを変《か》えると、店《みせ》を出《で》ていった。ポカンとしていたリョーチンと椎名《しいな》は、慌《あわ》ててそのあとを追《お》った。

「てっちゃん」

「てっちゃん、待《ま》てよ」

「昼飯《ひるめし》を食《く》って、四時《じ》にふたつ池《いけ》に集合《しゅうごう》だ」

てつしは、二人《ふたり》のほうをふり向《む》きもせず、ずんずん歩《ある》きながら言《い》った。

「でもよ……」

言《い》いかけたリョーチンを、椎名《しいな》がさえぎった。

「OK《オーケー》。わかったよ、てっちゃん」

てつしはうなずくと、パッと駆《か》けて行《い》ってしまった。リョーチンと椎名《しいな》は、その後《うし》ろ姿《すがた》を、見《み》えなくなるまで、じっと見送《みおく》っていた。

地獄堂前《じごくどうまえ》の一本道《いっぽんみち》。道《みち》の向《む》こうには、ちまちまとならんだ町並《まちな》み。畑《はたけ》。イラズの森《もり》。鳥《とり》たちが歌《うた》いながら空《そら》を渡《わた》ってゆく。いつもと何《なに》も変《か》わらない、静《しず》かな日《ひ》だった。リョーチンと椎名《しいな》は、その景色《けしき》の中《なか》に、ポツンと取《と》り残《のこ》されたようだった。

「てっちゃん、なんかヘンだ……」

リョーチンは心細《こころぼそ》かった。自分《じぶん》たちの世界《せかい》が、急激《きゅうげき》に変《か》わろうとしている。

今《いま》の今《いま》まで、なんの疑《うたが》いもなく、ただ楽《たの》しく過《す》ごしてきた自分《じぶん》たちの生活《せいかつ》に、全《まった》く違《ちが》った何《なに》かが、割《わ》って入《はい》ろうとしている。そして物心《ものごころ》ついたときから、いつでも一緒《いっしょ》だったてつし。何《なに》をするにも、どこへ行《い》くにも、自分《じぶん》をかばい、自分《じぶん》を引《ひ》っ張《ぱ》ってくれたてつし。そのてつしが、いきなりポンと、百メートルも遠《とお》のいてしまったような気《き》がしたのだ。ひょっとして、自分《じぶん》はこのまま、てつしに置《お》いてゆかれるのではないだろうか。

でも椎名《しいな》は、そんなリョーチンの肩《かた》をぐっと抱《だ》いて言《い》った。

「大丈夫《だいじょうぶ》さ、リョーチン。てっちゃんは、何《なに》があっても、きっとてっちゃんだ。俺《おれ》たちは、てっちゃんの後《あと》にくっついときゃいいんだよ」

てつしを思《おも》う気持《きも》ちは、椎名《しいな》もリョーチンと同《おな》じだ。一年生《ねんせい》の時《とき》、同《おな》じクラスになって、たちまち意気投合《いきとうごう》して以来《いらい》、三人悪《さんにんあく》として町中《まちじゅう》に君臨《くんりん》してきた。てつしは、そのリーダーであり、一人《ひとり》っ子《こ》の椎名《しいな》にとっては、兄弟以上《きょうだいいじょう》の、かけがえのない親友《しんゆう》なのだ。だからこそ、これからどんなことがあっても、椎名《しいな》は、てつしを信頼《しんらい》し、その後《うし》ろにしっかりとついてゆく覚悟《かくご》を、今《いま》こそ新《あら》たにしていた。

「『あげてんか』のコロッケ、買《か》いに行《い》こうぜ、リョーチン！」

めずらしく、椎名《しいな》がにっこり笑《わら》った。

「……うん！」

二人《ふたり》は、一本道《いっぽんみち》を元気《げんき》よく走《はし》って行《い》った。

5

黄昏《たそがれ》が迫《せま》っていた。

ポンポコ山《やま》の背景《はいけい》に、さまざまな夕焼《ゆうや》け色《いろ》が乱舞《らんぶ》している。

その夕焼《ゆうや》けを映《うつ》して、美《うつく》しくきらめく、ふたつ池《いけ》のほとりにしゃがみ込《こ》み、てつし、リョーチン、椎名《しいな》の三人《にん》は、焼《や》き芋《いも》を頬張《ほおば》っていた。三人《にん》の正面《しょうめん》、池《いけ》の向《む》こう側《がわ》に、桜《さくら》の木《き》は夕日《ゆうひ》を受《う》けて、真《ま》っ黒《くろ》な影《かげ》を長々《ながなが》と地面《じめん》に這《は》わせている。

やがて、視界《しかい》から鮮《あざ》やかな色《いろ》が急速《きゅうそく》におとろえてゆき、山《やま》や森《もり》や、向《む》こうに並《なら》んだ家々《いえいえ》の屋根《やね》が黒《くろ》ずんでくると、てつしは、すっくと立《た》ちあがった。

「行《い》くぞ」

リョーチンと椎名《しいな》は、力強《ちからづよ》くうなずき、てつしの後《あと》に続《つづ》いた。

ふたつ池《いけ》を半周《はんしゅう》して、三人《にん》は桜《さくら》の木《き》の下《した》に立《た》った。

太陽《たいよう》は、ポンポコ山《やま》の向《む》こう側《がわ》に落《お》ち、わずかな残《のこ》り火《び》が、まだまだっという感《かん》じで、山《やま》のシルエットを焦《こ》がしている。

てつしたちは、桜《さくら》の木《き》をしばらく眺《なが》めていた。

桜《さくら》の木《き》は、暮《く》れなずむ空《そら》に向《む》かって、寂《さび》しそうに立《た》っていた。林《はやし》からほんの少《すこ》し離《はな》れているだけで、なんの変哲《へんてつ》もない一本《ぽん》の木《き》である。この下《した》に、女《おんな》が埋《う》められているのか。男《おとこ》に殺《ころ》されて⁉　こんな死《し》に方《かた》をするなんて……家族《かぞく》はどうしているだろう。さがし続《つづ》けているんじゃないだろうか……。

てつしは深呼吸《しんこきゅう》をした。ポケットから呪札《じゅふだ》を取《と》り出《だ》し、しわをていねいにのばしてから、桜《さくら》の木《き》に貼《は》り付《つ》けた。それは、のりもセロテープもなしに、木《き》の幹《みき》にぺったりと貼《は》り付《つ》いた。リョーチンと椎名《しいな》は、てつしの後《うし》ろのほうから見守《みまも》った。二人《ふたり》は、心臓《しんぞう》がきんきんと凍《こお》るような思《おも》いだったが、てつしは、自分《じぶん》でも不思議《ふしぎ》なくらい落《お》ち着《つ》いていた。緊張《きんちょう》しているはずなのに、頭《あたま》はどこまでも透明《とうめい》で、自分《じぶん》の周《まわ》りのすべてのものが、ハッキリクッキリ感《かん》じとれた。

三歩後《ぽあと》ずさりし、改《あらた》めて深呼吸《しんこきゅう》をした。そして、おやじに言《い》われた通《とお》り、右手《みぎて》の人差《ひとさ》し指《ゆび》と中指《なかゆび》をピンと立《た》て、呪札《じゅふだ》をきりりと指差《ゆびさ》した。

「どうか……女《おんな》を放《はな》してやってくれ。自分《じぶん》の家《いえ》に帰《かえ》してやってくれ……！」

そう願《ねが》いをこめて、てつしは腹《はら》の底《そこ》から一気《いっき》に叫《さけ》んだ。

「**おんあぼきゃべいろしゃのう　まかぼだらまにはんどまじんばらはらばりたやうん!!**」

永遠《えいえん》のような、一瞬《いっしゅん》の静寂《せいじゃく》のあと——。

バシッ!!　と、鋭《するど》い音《おと》を立《た》てて大気《たいき》が震《ふる》えた。

「ひゃあああっ!」

リョーチンが飛《と》び上《あ》がった。

「すっ、すげえっ!　何《なん》の音《おと》だ!?」

思《おも》わず抱《だ》き合《あ》ったリョーチンと椎名《しいな》の周《まわ》りで、同《おな》じような鋭《するど》い音《おと》が二度《ど》、三度《ど》、薄暗《うすくら》がりを引《ひ》き裂《さ》いた。

てつしが、呪札《じゅふだ》を指差《ゆびさ》したまま動《うご》かない。

「てっちゃん!」

「てっちゃん、どうした!」

そこで、リョーチンと椎名《しいな》は初《はじ》めて気《き》づいた。

呪札《じゅふだ》が光《ひか》っている!　いや、呪札《じゅふだ》だけではない。呪札《じゅふだ》を指差《ゆびさ》したてつしの身体《からだ》が、刻々《こっこく》と深《ふか》みを増《ま》す暗《くら》がりの中《なか》で、だんだんハッキリと光《ひかり》を放《はな》ち始《はじ》めているのだ。そして、その指《ゆび》から、まっすぐ光《ひかり》の線《せん》がのびて、てつしと呪札《じゅふだ》を結《むす》んでいる。

リョーチンと椎名《しいな》は、その様子《ようす》に息《いき》をのんだ。テレビでもない。手品《てじな》でもない。予感《よかん》していた、今《いま》までと全《まった》く違《ちが》う出来事《できごと》が、ついに起《お》こったのだ！

てつしは、身体中《からだじゅう》から水《みず》が湧《わ》くように、何《なに》かがあふれてくるのを感《かん》じた。それは、自《じ》分《ぶん》の中《なか》からのようでもあり、外《そと》から降《ふ》り注《そそ》ぐようでもあった。

「これは……力《ちから》だ！　何《なん》の力《ちから》かわかんねえけど……すげえ力《ちから》だ!!」

突然《とつぜん》、桜《さくら》の木《き》がばきばきと、すさまじい音《おと》を立《た》ててきしみ始《はじ》めた。

「ひゃあああ——っっ!!」

リョーチンがまた、椎名《しいな》と抱《だ》き合《あ》ったまま、飛《と》び上《あ》がり、そのまま二人《ふたり》とも、どすんごろんと後《うし》ろへ転《ころ》がってしまった。

桜《さくら》の木《き》は、まるで人間《にんげん》の女《おんな》が、長《なが》い髪《かみ》をふり乱《みだ》しているかのように、のばした梢《こずえ》を右《みぎ》に左《ひだり》に揺《ゆ》すり、悲鳴《ひめい》にも似《に》た音《おと》を立《た》てながら、ゆっくりと倒《たお》れた。スローモーションを見《み》ているようだった。そして地面《じめん》に倒《たお》れると同時《どうじ》に、呪札《じゅふだ》を貼《は》ったところから、真《ま》っ二《ぷた》つに裂《さ》け散《ち》った。

「わっっ！」

てつしが、何《なに》かにはじき飛《と》ばされてひっくり返《かえ》った。ちょうど、呪札《じゅふだ》とてつしをつないでいた光《ひかり》の糸《いと》が、プツッと切《き》れたみたいに。

「てっちゃん、大丈夫《だいじょうぶ》か！」

椎名《しいな》が駆《か》け寄《よ》った。

「ああ……大丈夫《だいじょうぶ》だ……」

「うわあ、すごい汗《あせ》だぜ」

「……感電《かんでん》したみたいだ……身体中《からだじゅう》がチリチリしてる……」

「てっちゃん！　椎名《しいな》！　あれ見《み》ろよう——っっ!!」

リョーチンが、またも絶叫《ぜっきょう》した。

真《ま》っ二《ぷた》つに裂《さ》けた桜《さくら》の木《き》は、不気味《ぶきみ》にのびた根《ね》をさらして倒《たお》れていた。その根《ね》にからまるようにして、女《おんな》が一人《ひとり》、上半身《じょうはんしん》を土《つち》から出《だ》して、三人《にん》を見《み》つめていた。土《つち》に汚《よご》れた首《くび》にくい込《こ》んだ、紫色《むらさきいろ》の指《ゆび》のあと。舌《した》はだらんとたれ、水色《みずいろ》のワンピースには、一面《いちめん》血《ち》が飛《と》び散《ち》っていた。

「……げ……」

あまりのむごたらしさに、目《め》をパチクリさせた次《つぎ》の瞬間《しゅんかん》、女《おんな》は白骨《はっこつ》と化《か》し、身体《からだ》からしゃれこうべが、がろりんと落《お》ちた。

「う――――ん……」

リョーチンが、とうとうのびてしまった。彼《かれ》にしてみれば、よく持《も》ちこたえたほうである。

あたりは、すっかり闇《やみ》の中《なか》へ沈《しず》み、遊歩道《ゆうほどう》にぽつりと立《た》った街灯《がいとう》が、弱々《よわよわ》しい灯《あか》りをチラチラさせていた。

椎名《しいな》はてつしのそばで、自分《じぶん》の目《め》の前《まえ》で起《お》こった、この不思議《ふしぎ》な現象《げんしょう》を、もう一度《いちど》思《おも》い返《かえ》していた。地獄堂《じごくどう》のおやじがくれた呪札《じゅふだ》と、てつしが唱《とな》えた呪文《じゅもん》で、全《まった》く別《べつ》の世界《せかい》のドアが開《ひら》いた……。それを自分《じぶん》の目《め》で見《み》た。確《たし》かに見《み》た……!

自分《じぶん》たちが、当《あ》たり前《まえ》に過《す》ごしてきた、今《いま》までの人生《じんせい》。何一《なにひと》つ、ほかの人《ひと》と変《か》わることのない生活《せいかつ》。この空間《くうかん》の、この時間《じかん》の、ほんのすぐ隣《となり》に、別《べつ》の世界《せかい》が確《たし》かに存在《そんざい》するのだ。そしてその世界《せかい》の扉《とびら》は、時《とき》として、呪文《じゅもん》一つで開《ひら》くものなのだ。その方法《ほうほう》を知《し》っている奴《やつ》が、確《たし》かにいるのだ。地獄堂《じごくどう》のおやじのように。自分《じぶん》のすぐ近《ちか》くに! 椎名《しいな》は、胸《むね》が高鳴《たかな》る思《おも》いがした。

「椎名《しいな》……ミッタン呼《よ》んで来《こ》い」

しゃれこうべを見《み》つめたまま、黙《だま》りこくっていたてつしが、ようやく口《くち》を開《ひら》いた。

「ミッタン、素直《すなお》に来《く》るかな。俺《おれ》たち信用《しんよう》ないもんな」

てつしは、ちょこっと首《くび》を傾《かし》げたが、すぐ立《た》ち上《あ》がって白骨死体《はっこつしたい》に近《ちか》づき、上着《うわぎ》を脱《ぬ》いで、落《お》ちたしゃれこうべをそっと包《つつ》んだ。

「これ持《も》ってけ……」

てつしは、呟《つぶや》くように言《い》った。そして、くるっとふり向《む》いた。

「これ見《み》たら、ミッタンだってブッ飛《と》ぶぜ！」

ニカッと笑《わら》ったてつしの顔《かお》は、いつものてつしと同《おな》じだった。

（ああ……やっぱり、てっちゃんは、てっちゃんだ。どんなに変《か》わっても、てっちゃんは、てっちゃんなんだ……！）

椎名《しいな》は嬉《うれ》しかった。心《こころ》からほっとした。てつしからしゃれこうべを受《う》けとると、思《おも》わず顔《かお》がほころんだ。

「うん！　行《い》ってくる!!」

しゃれこうべを小脇《こわき》に抱《かか》え、椎名《しいな》は、暗《くら》い遊歩道《ゆうほどう》をすっ飛《と》んでいった。

その夜《よる》は、てんやわんやだった。

今度《こんど》こそ、本物《ほんもの》の骸骨《がいこつ》を見《み》せられた三田村巡査《みたむらじゅんさ》は、てつしの言《い》った通《とお》り、椅子《いす》からブッ飛《と》び（彼《かれ》は殺人事件《さつじんじけん》など、扱《あつか》ったことがなかったので）、先輩巡査《せんぱいじゅんさ》ともども、大慌《おおあわ》てで現場《げんば》に駆《か》けつけた。それから鑑識《かんしき》は来《く》るわ、本庁《ほんちょう》から刑事《けいじ》は来《く》るわ、ヤジ馬《うま》は集《あつ》まるわ、あくる日《ひ》には、テレビ局《きょく》や新聞社《しんぶんしゃ》が取材《しゅざい》に来《く》るわで、ふたつ池周辺《いけしゅうへん》の大騒《おおさわ》ぎは、一週間《しゅうかん》ばかりも続《つづ》いた。

三人悪《さんにんあく》は結局《けっきょく》、簡単《かんたん》な事情聴取《じじょうちょうしゅ》だけを受《う》けて帰《かえ》された。というのも、桜《さくら》の木《き》は、はじめから倒《たお》れていて、自分《じぶん》たちは、そこに骸骨《がいこつ》があるのを見《み》たから届《とど》けただけだと、てつしが言《い》ったからだ。もちろん、椎名《しいな》が、てつしの言《い》うことに口《くち》をはさむはずもなかった（リョーチンは、ひっくり返《かえ》ったままだった）。三田村巡査《みたむらじゅんさ》が横《よこ》から、先《さき》のイタズラと何《なに》か関連《かんれん》があるのかと問《と》いただしたが、てつしは、全《まった》くの偶然《ぐうぜん》である、と言下《げんか》に否定《ひてい》した。

モノが殺人死体遺棄事件《さつじんしたいいきじけん》だけに、てつしたち発見者《はっけんしゃ》のことは伏《ふ》せられ、新聞《しんぶん》ダネの英雄《えいゆう》にはなれなかったが、この情報《じょうほう》を漏《も》れ聞《き》いた町内《ちょうない》の人《ひと》たちや、学校《がっこう》の友《とも》だちからは、たくさんの賛辞《さんじ》やら質問《しつもん》やらを受《う》け、お菓子《かし》などで労《ろう》をねぎらわれた三人《にん》であった。しかしてつしは、リョーチンと椎名《しいな》に、質問攻《しつもんぜ》めでウッカリ口《くち》などすべらさぬよう、厳重《げんじゅう》に箝《かん》口令《こうれい》をしいた。

6

月曜日《げつようび》――。

学校《がっこう》へ登校《とうこう》する前《まえ》に、三人悪《さんにんあく》は地獄堂《じごくどう》へ寄《よ》り道《みち》した。

地獄堂《じごくどう》は、今日《きょう》も、右《みぎ》へ大《おお》きく傾《かたむ》いていた。玄関脇《げんかんわき》の人体模型人形《じんたいもけいにんぎょう》もおどろおどろしく、薄暗《うすぐら》い店《みせ》の中《なか》では、妖怪《ようかい》おやじが、あいかわらず「ひひひ」と笑《わら》っていた。

「死体《したい》を出《だ》してやった」

てつしが、静《しず》かに報告《ほうこく》した。

「そうか……」

おやじは机《つくえ》の前《まえ》で、水晶玉《すいしょうだま》をゆるゆると磨《みが》いていた。

「芋飴《いもあめ》食《く》うか」

「食《く》う」

てつしは、芋飴《いもあめ》をわしづかみにし、リョーチンと椎名《しいな》にも渡《わた》した。三人《にん》とも、黙《だま》って頬張《ほおば》った。

「土曜《どよう》の夜《よる》に、その女《おんな》が来《き》てな……」

おやじはうつむいたまま、静《しず》かに言《い》った。三人悪《さんにんあく》の目《め》が、いっせいにおやじに集中《しゅうちゅう》した。おやじは、ゆっくりと顔《かお》を上《あ》げ、三人《にん》をそれぞれ見《み》つめた。

「やっと自由《じゆう》になれたから、これから男《おとこ》に会《あ》いに行《ゆ》く……。そう言《い》っとったよ」

キラキラ細《ほそ》めた目《め》には、氷《こおり》のような冷《つめ》たい笑《え》みが浮《う》かんでいた。その笑《え》みが、何《なに》を意《い》味《み》するのか、三人《にん》にはすぐわかった。

復讐《ふくしゅう》に行《い》ったんだ……！　リョーチンと椎名《しいな》は、ゾッと身《み》を震《ふる》わせたが、てつしは一人《ひとり》、神妙《しんみょう》な目《め》をして、おやじを見《み》つめ返《かえ》していた。

「……あのな、おやじ」

「なんだ」

「あのな……」

言《い》いたいこともききたいことも、山《やま》ほどあった。山《やま》ほどあって……忘《わす》れてしまった。

「……おやじの後《うし》ろの部屋《へや》に、本《ほん》がいっぱいあるだろ。今度《こんど》それ、読《よ》みに来《き》ていいか!?」

おやじは、キラキラ細目《ほそめ》を糸《いと》のようにして、てつしたちを見《み》た。横《よこ》でガラコも、同《おな》じような目《め》をして、てつしたちを見《み》た。背中《せなか》にヒンヤリと冷《ひ》や汗《あせ》がしみる。

「……ひひ……ああ、いいだろう。読《よ》みに来《こ》い」

三人《にん》は、ホッと胸《むね》を撫《な》で下《お》ろした。

「じゃ、学校《がっこう》へ行《い》ってくら！」

てつしが元気《げんき》よく駆《か》け出《だ》した。リョーチンも椎名《しいな》も後《あと》に続《つづ》いた。

おやじとガラコが「ひひひ」と笑《わら》った。


よく晴《は》れた空《そら》を、風《かぜ》が木々《きぎ》を揺《ゆ》らして渡《わた》っていった。気持《きも》ちのいい朝《あさ》だ。

学校《がっこう》の仲間《なかま》や後輩《こうはい》たちが、「上院《じょういん》のてつ」に挨拶《あいさつ》しながら登校《とうこう》してゆく。てつしは、上《じょう》機嫌《きげん》でそれに応《こた》えていたが、リョーチンが、どうにも納得《なっとく》しかねる、といった具合《ぐあい》に、てつしの背中《せなか》にたずねた。

「なあ、てっちゃん。なんで、おやじに何《なに》もきかねえの！　あんなスゴイことがあったのにさあ。ほかのみんなに黙《だま》ってろっていうのはわかるけど、お札《ふだ》のこととか、呪文《じゅもん》のこととか、なんでおやじはあんなこと知《し》ってるのか、なんできかねえの？」

「……うん……」

てつしは急《きゅう》に黙《だま》り込《こ》み、うつむいた。リョーチンと椎名《しいな》も、黙《だま》っててつしの答《こた》えを待《ま》った。三人《にん》は、しばらく黙《だま》ったまま、ほとほと歩《ある》き続《つづ》けた。

朝陽《あさひ》をいっぱいに浴《あ》びて、小学生《しょうがくせい》たちが歩《ある》いている。ランドセルをしょって、体操服《たいそうふく》を片手《かたて》に、友《とも》だち同士《どうし》、おしゃべりしながら。なんの変哲《へんてつ》もない見《み》なれた風景《ふうけい》。正面《しょうめん》に上院小《じょういんしょう》の正門《せいもん》が見《み》えてきた。いつも通《どお》りの生活《せいかつ》が始《はじ》まる。土曜日《どようび》のことが夢《ゆめ》のような、ウソのような気《き》がする。

てつしが、ようやく顔《かお》を上《あ》げた。

「……確《たし》かにヘンだ。地獄堂《じごくどう》のおやじはもともとヘンだけど、あんなスゴイ武器《ぶき》を持《も》ってたなんて……。どっから手《て》に入《い》れたんだ？　なんで、ユーレイが挨拶《あいさつ》に来《く》るんだ？　あの電気《でんき》みたいな力《ちから》は、一体《いったい》なんなんだ……！」

てつしは、ピタッと止《と》まった。リョーチンも椎名《しいな》も、ピタピタッと止《と》まった。

そこでてつしは、今日初《きょうはじ》めて二人《ふたり》のほうへ向《む》き直《なお》った。ほれぼれするような、小気味《こきみ》のいい、男《おとこ》っぽい笑顔《えがお》をして。

「でもな。いっぺんにわかっちゃあ、おもしろくねえ。おやじにきいたところで、あのクソじじいが、素直《すなお》に教《おし》えてくれるはずもねえ。……いつか絶対《ぜったい》に、俺《おれ》たちの手《て》で突《つ》きとめてやろうぜ……！」

ああ……そうだった。てつしは変《か》わったのだ。おやじの呪札《じゅふだ》と呪文《じゅもん》が、てつしの世界《せかい》のドアをも、あの時同時《ときどうじ》に開《ひら》いたのだ。

だがてつしは、やっぱりてつしだった。リョーチンも椎名《しいな》も、そのことを改《あらた》めて、実感《じっかん》した。あとは、てつしを信《しん》じて、その後《うし》ろにくっついてゆけばいいのだ。

「……うん、やろうぜ！」

椎名《しいな》が言《い》った。

「うん！　やろうぜ!!」

リョーチンが、嬉《うれ》しそうに飛《と》び上《あ》がった。

「よお――っし!!　俺《おれ》は、今《いま》、ここに誓《ちか》うぞ！　俺《おれ》たち三人《にん》は、これからもお化《ば》けやユーレイにビビることなく、妖怪《ようかい》おやじにくっついていって、いつかその秘密《ひみつ》を暴《あば》いてやろう！　そいで、できれば、あの女《おんな》みたいな奴《やつ》がいたら、また助《たす》けてやりたいな」

キラキラ光《ひか》る太陽《たいよう》に向《む》かい、てつしが高々《たかだか》と吠《ほ》えた。

「よお――っっし!!」

差《さ》し出《だ》した両手《りょうて》をパンパンと叩《たた》き合《あ》って、「町内《ちょうない》イタズラ大王三人悪《だいおうさんにんあく》」は、今日《きょう》も勢《いきお》いよく正門《せいもん》に突撃《とつげき》していった。

お千賀《ちか》ちゃんがさらわれた

那須《なす》正幹《まさもと》

1

東京《とうきょう》が、まだ江戸《えど》とよばれていたころのおはなしです。

本所亀沢町《ほんじょかめざわちょう》の長屋《ながや》に、大仏《だいぶつ》の千次《せんじ》という岡《おか》っ引《ぴ》きがすんでいました。

大仏《だいぶつ》というのは、むろんニックネーム。体《からだ》がでかくて、のんびりしているところから、そんなあだ名《な》がついたのでしょう。

岡《おか》っ引《ぴ》きというのは、いってみれば私立探偵《しりつたんてい》のようなもので、奉行所《ぶぎょうしょ》の役人《やくにん》をたすけて、事件《じけん》の調査《ちょうさ》をしたり、犯人《はんにん》をつかまえることはありますが、べつに奉行所《ぶぎょうしょ》から給料《きゅうりょう》がでるわけじゃない。せいぜい役人《やくにん》からこづかいをもらったり、事件《じけん》の依頼者《いらいしゃ》からお礼《れい》をもらって生活《せいかつ》しているわけです。だから、罪《つみ》のない人《ひと》をつかまえて、金《かね》をおどしとったり、はんたいに、お金《かね》をもらって犯人《はんにん》をみのがしてしまう、たちのわるい岡《おか》っ引《ぴ》きもおおぜいいいました。

そこへいくと、大仏《だいぶつ》の千次《せんじ》は、しごくまっとうな御用《ごよう》ききで、ずるいことはまったくしない。十手《じって》をひけらかして、いばりちらすこともないから、町内《ちょうない》の評判《ひょうばん》もわるくなかった。

ただ、かんじんの捕《と》りものの腕《うで》は、さっぱりで、これまで手《て》がらしい手《て》がらもありませんでした。

さて……。

向島《むこうじま》のさくらもちり、隅田川《すみだがわ》をわたる風《かぜ》が、ここちよく感《かん》じられる季節《きせつ》になりました。

入江町《いりえちょう》の時《とき》の鐘《かね》が午前《ごぜん》六時《じ》をつげてまもなく、ひとりの男《おとこ》が千次《せんじ》の家《いえ》の格子《こうし》を、そっとあけました。年《とし》のころは三十前後《ぜんご》というところ、着物《きもの》のえりをきちんとあわせた、どこか大店《おおだな》の奉公人《ほうこうにん》といったかんじです。

「ごめんくださいまし。大仏《だいぶつ》の親分《おやぶん》はご在宅《ざいたく》でしょうか」

男《おとこ》は、小声《こごえ》で案内《あんない》をこいます。

「ああ、いるよ。なんの用《よう》だね」

しょうじをあけて、あくびまじりの大声《おおごえ》でこたえながらあらわれたのは、この家《いえ》の主《しゅ》人《じん》、大仏《だいぶつ》の千次《せんじ》。いまふとんからぬけだしたところらしく、ねまきの肩《かた》に手《て》ぬぐい、右手《みぎて》に歯《は》みがきのふさようじといういでたちです。

男《おとこ》は、ていねいに頭《あたま》をさげると、

「おはつにお目《め》にかかります。てまえ、南森下町《みなみもりしたちょう》の伊勢屋《いせや》の三番番頭《さんばんばんとう》、真助《しんすけ》ともうします。早朝《そうちょう》とはおもいましたが、主人徳右衛門《しゅじんとくえもん》の至急《しきゅう》の用件《ようけん》でまいりました」

「伊勢屋《いせや》さんの……？　そりゃあ、わざわざ……。ともかく、おあがりなすって……」

伊勢屋《いせや》ときいて、千次《せんじ》もいくぶんあらたまった口《くち》つきになります。南森下町《みなみもりしたちょう》の伊勢屋《いせや》といえば、本所《ほんじょ》・深川《ふかがわ》の材木問屋《ざいもくどんや》のなかでも五本《ごほん》の指《ゆび》にはいるでしょう。千次《せんじ》は、真助《しんすけ》にざぶとんをすすめながら、おくに声《こえ》をかけました。

「おい、百《ひゃく》。お客《きゃく》さんだ。お茶《ちゃ》をだしな」

それにこたえて、子《こ》どもの声《こえ》がします。

「あいよ。おかしはだすのかい」

「ばか、お客《きゃく》さんのまえで、おかしなことをきくない。ようかんは、あつくきってだすんだぜ」

千次《せんじ》は、てれくささうに頭《あたま》をかこうとしましたが、右手《みぎて》にまだふさようじをにぎっているのに気《き》づき、そっと長火《ながひ》ばちのしたにかくします。

「へへ、女《おんな》っ気《け》がないもんで、みっともねえところをおみせします」

「とんでもございません。それより親分《おやぶん》さん、どうか、用件《ようけん》のほうをおききください」

伊勢屋《いせや》の三番番頭《さんばんばんとう》は、ざぶとんをわきにどけると、長火《ながひ》ばちのそばににじりよります。

そして、声《こえ》をおとしてはなしはじめました。

「じつは、てまえどもの主人《しゅじん》、徳右衛門《とくえもん》のむすめが、きのう、さらわれたのでございます」

「さらわれた……？　それはおだやかじゃねえな。おじょうさんは、いくつになられるんで？」

「はい、ことし十歳《さい》におなりです。だんなさまには、三人《にん》のお子《こ》さまがいらっしゃいますが、上《うえ》はみな男《おとこ》のお子《こ》さまで、おふたりとも成人《せいじん》なさっておられます。末《すえ》のお千賀《ちか》さんだけがまだお小《ちい》さいもので、だんなさまも、ことのほかかわいがっておられました」

「お千賀《ちか》ちゃんというんだね。ところで、たしかにさらわれたっていう、証拠《しょうこ》でもあるんですかい」

「はい、きのうの夕方《ゆうがた》、店《みせ》の裏木戸《うらきど》に、このようなものがはさんでございました」

真助《しんすけ》が、ふところから一まいの紙《かみ》きれをとりだして、千次《せんじ》にわたします。ひろげてみると、へたくそな文字《もじ》がならんでいました。

「ええと、むすめは、あずかっている。かえしてほしくば、あすの戌《いぬ》の刻《こく》（午後《ごご》八時《じ》）

に、柳島《やなぎしま》の妙見堂《みょうけんどう》に三百りょうもってこい。かねは、みせのこぞうにもたせること。やくにんにしらせたりすると、むすめのいのちはないものとおもえ――。ふうん、こりゃあ、ほんもののゆうかい事件《じけん》だ」

のんびり屋《や》の千次《せんじ》も、さすがにねむけがふっとんだようすで、小《ちい》さな目《め》をいっぱいにあけて、手紙《てがみ》をみつめました。

2

そのとき、男《おとこ》の子《こ》がおぼんをかかえてはいってきました。色《いろ》の黒《くろ》い、目《め》のくりくりした少年《しょうねん》です。男《おとこ》の子《こ》は、お客《きゃく》と千次《せんじ》のまえに、お茶《ちゃ》とおかしをおくと、千次《せんじ》の横《よこ》にぴたりとすわって、手紙《てがみ》をのぞきこんでいましたが、やがて顔《かお》をあげました。

「ねえ、とうちゃん。この人《ひと》さらいは、けっこう頭《あたま》のいいやつだぜ」

「このおぼっちゃんは？」

真助《しんすけ》が、ふしぎそうにたずねます。

「せがれの百太郎《ひゃくたろう》でさあ。年《とし》は十二ですが、ときどき捕《と》りもののてつだいをさせますんで、ひととおりのことはこころえてるんで。百《ひゃく》、おまえ、どうして人《ひと》さらいの頭《あたま》がいいって、わかるんだい？」

千次《せんじ》のことばに、百太郎少年《ひゃくたろうしょうねん》は、真助《しんすけ》にむかって、ぺこりとおじぎをしてしゃべりだしました。

「この手紙《てがみ》、ほとんどひらがなで書《か》いてあるくせに、数字《すうじ》や地名《ちめい》は、ちゃんと漢字《かんじ》をつかってるだろ。だいじなところは、読《よ》みまちがいのないように、漢字《かんじ》で書《か》いている。ていうことは、この手紙《てがみ》を書《か》いたやつは、漢字《かんじ》もよく知《し》ってる人間《にんげん》が、わざとひらがなばかりで書《か》いたんだ。へたくそにみえるのも、きっと左手《ひだりて》で書《か》いて、筆跡《ひっせき》をごまかしてるんだとおもうよ」

「なるほどなあ。そういわれると、これはたしかに左手《ひだりて》で書《か》いた字《じ》だぜ。〝かね〟や〝やくにん〟をかな書《が》きして、〝戌の刻《いぬのこく》〟や〝妙見堂《みょうけんどう》〟を漢字《かんじ》で書《か》いているのも、おかしいや」

千次《せんじ》は、すなおに感心《かんしん》しました。

「やはり、犯人《はんにん》は、かなりの学問《がくもん》のあるやつにちがいないってことなんですよ」

百太郎《ひゃくたろう》が笑顔《えがお》で、真助《しんすけ》のほうにふりかえりました。

「なるほど、そういうことでしたか」

真助《しんすけ》は、真顔《まがお》でうなずきます。

「ふうん、しかし、そうなると、あいては、かなり悪知恵《わるぢえ》のはたらくやつかもしれねえなあ」

大仏《だいぶつ》の千次《せんじ》は、ふとい腕《うで》をくんで考《かんが》えこんでしまいました。百太郎《ひゃくたろう》のほうは、あいかわらずにこにこ顔《がお》で、真助《しんすけ》に質問《しつもん》します。

「番頭《ばんとう》さん、お千賀《ちか》ちゃんがさらわれたときのことを、くわしくはなしてくれませんか」

「しょうちしました。きのう、おじょうさんは女中《じょちゅう》をつれて、亀戸《かめいど》の天神《てんじん》さまに、藤《ふじ》の花《はな》を見物《けんぶつ》にでかけられたのでございます。ところが、ひるすぎになって女中《じょちゅう》がひとりでもどってきまして、なんでも、境内《けいだい》でお千賀《ちか》さんとはぐれてしまったというのでございます」

亀戸天神《かめいどてんじん》は、お江戸《えど》でも指《ゆび》おりの藤《ふじ》の名所《めいしょ》です。きのうは天気《てんき》もよく、花《はな》もみごろとあって、たくさんの見物人《けんぶつにん》でにぎわっていました。お千賀《ちか》ちゃんと女中《じょちゅう》は、ひととおり見物《けんぶつ》をしたあと、茶店《ちゃみせ》でひとやすみしていたが、女中《じょちゅう》がトイレにいってもどってみると、お千賀《ちか》ちゃんのすがたがみえない。茶店《ちゃみせ》の者《もの》にたずねても、よくわからない。女中《じょちゅう》は、境内《けいだい》をくまなくさがしてみたけれど、お千賀《ちか》ちゃんがみあたらないので、あるいはさきにもどったのかもしれないと、ひとりで帰《かえ》ってきたというのです。

「ごしょうちのとおり、天神《てんじん》さまでしたら、子《こ》どもの足《あし》でも一時間《じかん》あれば、もどってこれます。それにおじょうさんは、いままでなんどもおまいりになっておられるので、女中《じょちゅう》がそう考《かんが》えたのもむりございません」

しかし、一時間《じかん》たち、二時間《じかん》たっても、お千賀《ちか》ちゃんは、もどってきません。家《いえ》の者《もの》も不安《ふあん》になって、ほうぼう手《て》わけしてさがしたけれど、手《て》がかりひとつみつかりません。これは、役人《やくにん》に知《し》らせたほうがよかろうと、相談《そうだん》していたやさき、裏口《うらぐち》の戸《と》のあいだに、さっきの手紙《てがみ》がはさんであったのを、店《みせ》の者《もの》が発見《はっけん》したというわけです。

「それでは、お千賀《ちか》ちゃんの顔《かお》つきや、でかけたときの服装《ふくそう》をおしえてください」

百太郎《ひゃくたろう》が、また質問《しつもん》しました。

「さようでございますねえ。色白《いろじろ》で、ぽっちゃりしたまる顔《がお》、ここのところに、小《ち》さなほくろがございます」

真助《しんすけ》が右《みぎ》の口《くち》もとを指《ゆび》さしました。

「おでかけのときの着物《きもの》は、赤《あか》いふりそでに、かのこの帯《おび》をしめていらっしゃったとうけたまわっています」

「うけたまわって——というと、番頭《ばんとう》さんはお店《みせ》にいらっしゃらなかったんですか」

「てまえは、そとまわりの仕事《しごと》が多《おお》ございまして、きのうも、朝《あさ》から日本橋《にほんばし》のほうにまいっておりました。夕刻《ゆうこく》もどってきて、さわぎを知《し》ったようなわけでして」

「わかりました。お金《かね》をわたすのは、戌《いぬ》の刻《こく》、だから、午後《ごご》八時《じ》ですね。それまでに、とうちゃんが、作戦《さくせん》をたててくれますよ。ね、とうちゃん」

「う、うん。そりゃあ、まあ、なんとか、おじょうさんを無事《ぶじ》にたすけてさしあげたいもんだなあ」

千次《せんじ》はまだ腕《うで》ぐみをしたまま、口《くち》のなかでもごもごつぶやきます。

「このとおり、とうちゃんもやる気十分《きじゅうぶん》です。どうか徳右衛門《とくえもん》さんにおつたえください。大仏《だいぶつ》の千次《せんじ》がひきうけたからには、かならず、おじょうさんをたすけてごらんにいれます」

百太郎《ひゃくたろう》が、千次《せんじ》にかわって小《ちい》さな胸《むね》をたたいてみせました。

3

「おまえ、だいじょうぶかい。あんな安《やす》うけあいをして。ゆうかい事件《じけん》ていうのは、なかなかやっかいだからなあ」

千次《せんじ》は、そういいながら、どんぶりのような茶《ちゃ》わんをつきだします。

「なにいってるんだい。とうちゃんも、このへんで手《て》がらをたてて、佐竹《さたけ》さまに御恩《ごおん》がえしをしなくちゃあ」

佐竹《さたけ》さまというのは、千次《せんじ》をひいきにしてくれる南町奉行所《みなみまちぶぎょうしょ》の同心《どうしん》、佐竹左門《さたけさもん》です。もう五十歳《さい》をこしたベテラン同心《どうしん》で、千次《せんじ》とは、二十年《ねん》もの、長《なが》いつきあいでした。

「そういえば、ここんとこ、たいしたお役《やく》にもたてねえで、毎月《まいつき》のおてあてばかりいただいちまってるなあ」

「そうさ、神《かみ》だなの十手《じって》にだって、くもが巣《す》をかけてるんじゃないのかい」

千次《せんじ》の茶《ちゃ》わんにごはんをもりつけながら、百太郎《ひゃくたろう》が、じんわり父親《ちちおや》をにらみます。

「なにいってやがる。こうみえても、おれひとりで、どろぼうをふんづかまえたことだってあるんだぞ」

「いつのこと?」

「ええと、あれは……」

千次《せんじ》は、はしをおいて考《かんが》えていましたが、

「そうだ、おっかあの死《し》んだ年《とし》の秋《あき》だ。緑町《みどりちょう》のお稲荷《いなり》さんのさい銭《せん》どろぼうをお縄《なわ》にしたぜ」

「かあちゃんが死《し》んだ年《とし》なら、もう五年《ねん》もまえじゃないか」

百太郎《ひゃくたろう》は、ため息《いき》をついて、おみおつけをすすりはじめました。

千次《せんじ》のおかみさん、つまり百太郎《ひゃくたろう》の母親《ははおや》が流行病《はやりやまい》で死《し》んだのは五年《ねん》まえ、百太郎《ひゃくたろう》が七つの夏《なつ》でした。それ以来《いらい》、千次《せんじ》と百太郎《ひゃくたろう》はふたりぐらしです。家《いえ》のことは、ごはんのしたくから、そうじ洗《せん》たくまで百太郎《ひゃくたろう》がやらなくてはなりません。そのうえ……。

「とにかく、こんどの事件《じけん》は、ぜったいに解決《かいけつ》しなくちゃあだめだよ。おいらもてつだうからさ」

「え、百《ひゃく》。おまえ、たすけてくれるかい」

きゅうに千次《せんじ》の目《め》がかがやきはじめました。

「うん、きょうは寺子屋《てらこや》がやすみだから、いっしょに天神《てんじん》さまにいってみようよ。そいから、伊勢屋《いせや》さんによって、ちょっと調《しら》べたいことがあるんだ。おいら、さっきから気《き》になってるんだけど……」

百太郎《ひゃくたろう》は、ふと首《くび》をかしげます。

「ゆうかい犯人《はんにん》は、店《みせ》のことをよく知《し》ってるやつじゃないかなあ。だって、おじょうさんが、きのう天神《てんじん》さまにおまいりにいくってことを、あらかじめ知《し》っていなくちゃあ、うまくいかないんじゃないかしら」

「そうか、けっこう手《て》がかりがあるじゃねえか。とうちゃんも、なんだかげんきがでてきたぜ。げんきがでると、どういうわけか、はらがへる」

千次親分《せんじおやぶん》が、四はいめの茶《ちゃ》わんを、百太郎《ひゃくたろう》のまえにつきだしました。

ふたりが家《いえ》をでたのは、八時《じ》をすぎたころでした。

江戸《えど》の町人《ちょうにん》は、朝《あさ》がはやく、夜明《よあ》けには、もうたいていの人間《にんげん》ははたらきにでかけています。長屋《ながや》の井戸《いど》ばたでは、おかみさんたちが洗《あら》いものをしていました。

「おや、千次親分《せんじおやぶん》。おでかけかい」

おかみさんのひとりが声《こえ》をかけます。

「ああ、ちょいと御用《ごよう》の筋《すじ》でな」

「めずらしいこともあるもんだ。さては石川五右衛門《いしかわごえもん》でもつかまえにおいでだね」

大仏《だいぶつ》の千次《せんじ》の腕《うで》は、長屋《ながや》のかみさん連中《れんちゅう》にまで知《し》れわたっているようです。

長屋《ながや》の木戸《きど》のそばにうずくまっていた大《おお》きな黒犬《くろいぬ》が、百太郎《ひゃくたろう》をみると、ゆっくりとおきあがってちかよってきました。長屋《ながや》にすみついているのら犬《いぬ》です。

「クロ、きょうはおまえと遊《あそ》べないんだ。こんど遊《あそ》んでやるから、がまんしな」

百太郎《ひゃくたろう》のことばがわかったのでしょうか。犬《いぬ》はざんねんそうに、もとの場所《ばしょ》にねそべります。

お江戸《えど》の空《そら》は、きょうもからりと晴《は》れて、雲《くも》ひとつない青空《あおぞら》にとびが輪《わ》をえがいています。お竹蔵《たけぐら》の堀《ほり》では、かえるがさかんになきかわしていました。

4

お竹蔵《たけぐら》の堀《ほり》にそって北《きた》にあるき、堀《ほり》のきれたところから右《みぎ》にまがれば吉田町《よしだちょう》。横川《よこかわ》にかかる法恩寺橋《ほうおんじばし》をわたって、寺《てら》を左《ひだり》にみながら、もうひとつ横十間川《よこじっけんがわ》の天神橋《てんじんばし》をこえると、ゆくてに大《おお》きな鳥居《とりい》がみえてきます。お千賀《ちか》ちゃんのすがたがきえたという、亀戸天神《かめいどてんじん》です。

亀戸天神《かめいどてんじん》は、お江戸《えど》でも有名《ゆうめい》な天神《てんじん》さまでした。鳥居《とりい》をくぐると、ひろい道路《どうろ》がまっすぐ大門《だいもん》のまえにのびていて、道《みち》の両側《りょうがわ》には小料理屋《こりょうりや》がずらりと軒《のき》をならべていました。門《もん》をくぐれば、これまたひろびろとした社内《しゃない》の中央《ちゅうおう》に大《おお》きな池《いけ》があって、御手洗《みたらし》の反《そ》り橋《はし》と名《な》づけられたたいこ橋《ばし》がかかっています。本殿《ほんでん》は社内《しゃない》のおく、橋《はし》をわたった正面《しょうめん》にありました。

千次《せんじ》と百太郎《ひゃくたろう》は、まず本殿《ほんでん》におまいりしたあと、池《いけ》のそばの茶店《ちゃみせ》をのぞいてみました。

まだ時間《じかん》がはやいので、お客《きゃく》のすがたもなく、まえかけをしたむすめが、店先《みせさき》に水《みず》をまいています。

千次《せんじ》がむすめのひとりに声《こえ》をかけました。

「ちょいとたずねてみるんだが、きのうひるちかく、赤《あか》い着物《きもの》の女《おんな》の子《こ》が、やすんでいかなかったかい。女中《じょちゅう》をひとりつれていたとおもうんだが」

「ああ、伊勢屋《いせや》のおじょうさんのことでしょ」

むすめがすぐにこたえます。

「よく知《し》ってるじゃないか」

「夕方《ゆうがた》、お店《みせ》の人《ひと》がさがしにこられましたよ。じゃあ、まだおもどりにならないんですか」

「ま、そういうことだ。で、こころあたりはないのかい」

むすめは、水《みず》まきのひしゃくをもったまま、すまなさそうな顔《かお》でうなずきます。

「きのうは、たいへんな人出《ひとで》だったんです。うちにもお子《こ》さんづれのお客《きゃく》さんが、なん人《にん》もやすまれたものですから……」

お千賀《ちか》ちゃんのことは、おぼえていないようでした。

「そうかい。じゃまをしたね」

千次《せんじ》はがっかりした顔《かお》つきで店《みせ》をでました。

ふたりは、社内《しゃない》の茶店《ちゃみせ》をのこらずまわり、社務所《しゃむしょ》の人《ひと》にもたずねてみましたが、だれもお千賀《ちか》ちゃんをみかけた者《もの》はいませんでした。

二時間《じかん》もあるきまわったあと、千次《せんじ》と百太郎《ひゃくたろう》は神楽殿《かぐらでん》のきざはしにすわりこんで、ひとやすみすることにしました。

池《いけ》をとりまくようにつくられた藤《ふじ》だなには、白《しろ》やむらさきの藤《ふじ》の花《はな》が、長《なが》いふさをたらし、遠目《とおめ》には、池《いけ》のおもてに、もやがたちこめているようにみえます。花《はな》のあいだをいそがしくとびかうおびただしいハチの羽音《はおと》が、ふたりの耳《みみ》にけだるくひびいてきました。

「ねえ、とうちゃん。こんなに人目《ひとめ》の多《おお》いところから、どうやってお千賀《ちか》ちゃんをかどわかせたのかねえ」

百太郎《ひゃくたろう》が、ふと千次《せんじ》の顔《かお》をふりあおぎます。

「そうさなあ。手《て》あらなまねをしたんじゃああるまいよ。なにか、うまい口実《こうじつ》をつくって、つれだしたんだろう」

「門《もん》のそとにつれだしたあとは？　まさか、あるいていったんじゃないとおもうけどなあ」

「そりゃあそうだ。まっぴるま、女《おんな》の子《こ》の手《て》をひいてあるいていけば、すぐに足《あし》がついちまうからな」

「やっぱり、かごかなにかにのせたんだね。そういえば、鳥居《とりい》のそばに、町《まち》かごが二、三ちょう客《きゃく》をまってたなあ」

百太郎《ひゃくたろう》のことばに、千次《せんじ》が、ぽんとひざをたたきました。

「ちげえねえや。天神《てんじん》さまをでたあとのことも調《しら》べてみなくちゃあな」

千次《せんじ》はいきおいよくたちあがったかとおもうと、門《もん》のほうへとかけだします。

「いやになっちゃうなあ。あそこまでヒントをださないと、わかんないんだから」

ぶつぶつひとりごとをいいながらも、百太郎《ひゃくたろう》は、うれしそうに父親《ちちおや》のあとをおいます。

5

町《まち》かごというのは、いまでいうタクシーみたいなものですが、もちろんエンジンも車輪《しゃりん》もありません。かごかきがふたりしてかつぎます。大鳥居《おおとりい》のそばに、藤見物客《ふじけんぶつきゃく》めあてのかごが三ちょう、とまっていました。千次《せんじ》がちかづくと、鳥居《とりい》の根《ね》かたにしゃがんで、たばこをすっていたかごかきがたちあがりました。

「こりゃあ亀沢町《かめざわちょう》の……。親分《おやぶん》も藤見物《ふじけんぶつ》でござんすかい」

権太《ごんた》という顔《かお》みしりのかご屋《や》です。

「そんなのんきな身分《みぶん》じゃねえよ。それよりおめえたち、いつもここで客《きゃく》をひろうのか」

「へえ、藤《ふじ》の花《はな》のころは、たいていここにおりやす」

「なら、きのうのひるちかく、年《とし》のころは十《とお》ばかりの女《おんな》の子《こ》をのせやしなかったか。赤《あか》い着物《きもの》をきていたとおもうんだが……」

まわりにあつまってきたかごかきたちが、たがいに顔《かお》をみあわせました。

「赤《あか》い着物《きもの》というと、あの子《こ》のことかな」

背《せ》の高《たか》い男《おとこ》が、あいぼうをふりかえりました。

「だけど、あの子《こ》には、つれがいたぜ」

「どんなつれだ?」

千次《せんじ》が、せきこんでたずねます。

「三十前後《ぜんご》の、やくざみたいな男《おとこ》でさあ」

「かご屋《や》さん」

おもわず百太郎《ひゃくたろう》も、口《くち》をはさみました。

「その女《おんな》の子《こ》は、顔《かお》にほくろがありませんでしたか」

「そういえば、ここんとこにありやした。色白《いろじろ》なんで、よく目《め》についたんですよ」

かご屋《や》は、自分《じぶん》の口《くち》もとを指《ゆび》さします。やはりお千賀《ちか》ちゃんにまちがいないようです。

「かご屋《や》さん、そのときのこと、くわしくはなしてくれませんか」

百太郎《ひゃくたろう》のことばに、かごかきがしゃべりはじめました。

「なんだか、えらくいそいでましてね。女《おんな》の子《こ》の父親《ちちおや》が、けがをしたとか、そんなことをはなしてましたぜ」

「それは、だれがいったんです」

「つれのやくざ男《おとこ》が、むすめさんにはなしてました」

「そいつの人相《にんそう》、風体《ふうてい》はおぼえているだろうな」

千次《せんじ》も体《からだ》をのりだします。

「そりゃあもう……。左《ひだり》の目《め》に黒《くろ》い眼帯《がんたい》をしてましたぜ。はでな着物《きもの》きて、これみよがしに腕《うで》まくりなんぞしてたが、ありゃあ、腕《うで》のほりものをみせびらかしてたんでしょう」

「いれずみをしてたのかい」

「右《みぎ》の腕《うで》に、〝南無妙法蓮華経《なむみょうほうれんげきょう》〟て、お題目《だいもく》をほってました」

「ふうん、左目《ひだりめ》に眼帯《がんたい》、右腕《みぎうで》にお題目《だいもく》のほりものか。こいつはいいことをきいた。そのお題目《だいもく》やろうが、むすめをさらったにちげえねえ」

かご屋《や》たちが、びっくりしたようすで千次《せんじ》をながめました。

「あの男《おとこ》は、人《ひと》さらいなんで?」

「ああ、むすめをだましてつれていったんだ」

「へええ、人相《にんそう》はよくなかったが、それにしちゃあ、むすめさんは、ちっともこわがってませんでしたよ。どっちかっていえば、いばってたなあ。おまえ、おタネは、どうするのって、なれた口《くち》のききかたをしてましたぜ」

「おタネ……？　なんだいそりゃあ」

「さあ、男《おとこ》が、ぺこぺこしながら、なにかいってたけど、あいにくきこえなくて……」

「そいで、むすめを、どこまでのせてった」

「へい、浅草《あさくさ》の馬道《うまみち》までですさあ」

「浅草《あさくさ》の馬道《うまみち》か。するてえと、そのあたりに、やつのすみかがあるんだな。ようし、それじゃあ、おれたちをそこまで案内《あんない》してもらおうか」

千次《せんじ》は、はやくも大《おお》きな体《からだ》を、かごのなかにおしこめています。

「百《ひゃく》、おまえも権太《ごんた》のかごにのんな」

かごのそとにたっている百太郎《ひゃくたろう》を、千次《せんじ》がうながしましたが、百太郎《ひゃくたろう》は首《くび》をふります。

「おいらは、ちょっと調《しら》べたいことがあるから、とうちゃんだけでいっておいでよ。そうだ、例《れい》のきょうはく状《じょう》、かしといてくれないか」

「調《しら》べたいって、浅草《あさくさ》にいきゃあ、むすめをたすけだせるかもしれないんだぜ」

千次《せんじ》は、けげんな顔《かお》つきですが、百太郎《ひゃくたろう》は無言《むごん》で手《て》をつきだしています。しかたなく千次《せんじ》は、ふところの手紙《てがみ》を百太郎《ひゃくたろう》にわたしました。

「ようし、かご屋《や》、浅草《あさくさ》までたのむぞ」

「ひゃあ、親分《おやぶん》はおもうござんすね。回向院《えこういん》の力士《りきし》なみだ」

かご屋《や》は、やっとこさ千次《せんじ》ののったかごをかつぐと、よたよたはしりだしました。

父親《ちちおや》のかごが角《かど》をまがるのをみとどけると、百太郎《ひゃくたろう》は、もときた道《みち》をもどりはじめました。

6

三十分後《ぷんご》、百太郎《ひゃくたろう》のすがたは、竪川《たてかわ》ぞいの相生町《あいおいちょう》にある、とある長屋《ながや》のまえにあらわれました。

入《い》り口《ぐち》に、「筆道指南《ひつどうしなん》」という、うすよごれたかんばんがかかり、格子《こうし》には、子《こ》どもの書《か》いたお習字《しゅうじ》の作品《さくひん》が、額《がく》にいれてかざってありました。

ここは百太郎《ひゃくたろう》のかよっている寺子屋《てらこや》でした。

「先生《せんせい》、秋月先生《あきづきせんせい》」

百太郎《ひゃくたろう》は、格子戸《こうしど》をあけて、おくにどなります。

「だれだね。きょうは手習《てなら》いはやすみだよ」

おくから、ねむそうな男《おとこ》の声《こえ》がかえってきました。

「百太郎《ひゃくたろう》です。先生《せんせい》に、ちょっとみていただきたいものがあるんですよ」

返事《へんじ》もきかずに、百太郎《ひゃくたろう》はおくにあがりこみます。長屋《ながや》のへやを三げんぶんぶちぬいた、細長《ほそなが》いへやのおくで、さかやきをのばした若《わか》いさむらいが、酒《さか》どっくりをまくらにねころんでいました。

「なんだ。先生《せんせい》、手習《てなら》いをやすんだのは、用事《ようじ》があったからじゃないんですね」

「はは、用《よう》というのは、じつは、これだ。ゆうべ、むかしの道場《どうじょう》なかまと一晩中酒《ひとばんじゅうさけ》をくみかわしていたのさ。わたしも、ついさっき、もどってきたところだよ」

さむらいは、大《おお》きなのびをしておきあがると、まくらにしていたとっくりを、ぴたぴたたたきました。

「なにか、みてもらいたいものがあるそうだね」

くたびれた着物《きもの》をきていますが、なかなかの男《おとこ》まえです。この青年《せいねん》、名前《なまえ》は秋月精之《あきづきせいの》介《すけ》という、親代々《おやだいだい》の浪人《ろうにん》でした。父親《ちちおや》の死《し》んだのち、寺子屋《てらこや》をついで近所《きんじょ》の子《こ》どもたちにお習字《しゅうじ》をおしえていました。

「じつは、先生《せんせい》。これをみてほしいんです」

百太郎《ひゃくたろう》は、ふところからきょうはく状《じょう》をとりだして、浪人《ろうにん》のまえにひろげました。

秋月先生《あきづきせんせい》は、さいしょ、ねむそうな目《め》をしょぼつかせて手紙《てがみ》をながめていましたが、やがてあごをひとなですると、ううーんとうなりました。

「百太郎《ひゃくたろう》くん、これは人《ひと》さらいのきょうはく状《じょう》ではないか」

「そうなんです」

「で、わたしに、なにをたずねたいのかね」

「おいら、どうも、この文字《もじ》が気《き》になるんです。左手《ひだりて》で書《か》いているけど、なんとなく、おいらたちがお習字《しゅうじ》でならっている文字《もじ》と、ちがっているような気《き》がして……」

「うーん」

寺子屋《てらこや》の先生《せんせい》が、もう一《いち》どうなりました。

「さすがは御用《ごよう》ききのむすこだけのことはあるな。いいところに気《き》がついた。たしかに、この手紙《てがみ》を書《か》いた人物《じんぶつ》は、ただ者《もの》じゃあなさそうだ。左手《ひだりて》で筆跡《ひっせき》をごまかしてはいるが、習《なら》いおぼえた筆法《ひっぽう》というやつが、どうしてもでてしまうんだね。この人物《じんぶつ》は、和様《わよう》、唐様《からよう》をひととおり習得《しゅうとく》した者《もの》だとおもう。たとえば、この〝柳島《やなぎしま》〟や〝妙見堂《みょうけんどう》〟といった漢《かん》字《じ》は、〝顔法《がんぽう》〟といって、唐《とう》の顔真卿《がんしんけい》の書《しょ》を練習《れんしゅう》した者《もの》でないと書《か》けない筆法《ひっぽう》をつかっている。顔法《がんぽう》は、寺子屋《てらこや》などではおしえないからな」

「つまり、このきょうはく状《じょう》を書《か》いた人間《にんげん》は、ちゃんとした書道《しょどう》を習《なら》ってるってことですね」

「そういうことだ。筆《ふで》のいきおいから考《かんが》えて、たぶん二十から四十歳《さい》までの男《おとこ》だろう」

秋月精之介《あきづきせいのすけ》は、そこで顔《かお》をあげました。

「おやじさんは、この犯人《はんにん》をおっているのかい」

「ええ、くわしいことはいえませんが、今夜《こんや》あたり、捕《と》りものになりそうなんです」

「なるほど、戌《いぬ》の刻《こく》とあるな。すると午後《ごご》八時《じ》に、柳島《やなぎしま》の妙見堂《みょうけんどう》に犯人《はんにん》があらわれるわけだ」

つぶやきながら、秋月先生《あきづきせんせい》は、床《とこ》の間《ま》のほうをちらりとみやりました。このへやにはふにあいな、りっぱな刀《かたな》がたてかけてありました。

「てつだいがいるんなら、いつでも声《こえ》をかけてくれたまえ」

こうみえても、秋月先生《あきづきせんせい》は剣道《けんどう》と柔術《じゅうじゅつ》の達人《たつじん》なのです。

「ありがとうございます」

百太郎《ひゃくたろう》は、ぺこりとおじぎをして、手紙《てがみ》をふところにしまいこみました。

寺子屋《てらこや》をでると、百太郎《ひゃくたろう》は、こんどは竪川《たてかわ》をわたって、深川南森下町《ふかがわみなみもりしたちょう》へと足《あし》をのばしました。

深川《ふかがわ》は材木屋《ざいもくや》の多《おお》いところでした。なかでも南森下町《みなみもりしたちょう》の伊勢屋《いせや》は、大《おお》きな問屋《とんや》です。

店《みせ》の横手《よこて》の広場《ひろば》には、丸太《まるた》や角材《かくざい》がところせましとおかれ、おおぜいの人足《にんそく》がいそがしくはたらいていました。

百太郎《ひゃくたろう》は、店《みせ》のおもてはすどおりして、裏手《うらて》の母屋《おもや》へとむかいます。高《たか》い板《いた》べいをぐるりとまわって、木戸《きど》をあけると、手《て》いれのとどいた庭《にわ》にでました。庭《にわ》のむこうに、どっしりとした平屋《ひらや》がみえます。

百太郎《ひゃくたろう》は、母屋《おもや》の縁先《えんさき》にたって、小声《こごえ》で案内《あんない》をこいました。

「ごめんください。亀沢町《かめざわちょう》からまいりました。ご主人《しゅじん》におとりつぎください」

すると、ろうかのむこうから、ほっぺたの赤《あか》いむすめがでてきました。

「おや、どこの小僧《こぞう》さんだい。用《よう》があるなら、おもてにまわんなよ。それにだんなさまは気分《きぶん》がすぐれないので、だれにもお会《あ》いにならないよ」

女中《じょちゅう》らしいむすめは、百太郎《ひゃくたろう》の顔《かお》をじろじろながめます。

「そのご気分《きぶん》のわるい原因《げんいん》について、お話《はなし》があるんですよ」

そのとき、へやのほうから男《おとこ》の声《こえ》がしました。

「おタネや、もしかしたら、亀沢町《かめざわちょう》の千次親分《せんじおやぶん》のおつかいじゃないのかい。だったら、すぐにおとおししなさい」

百太郎《ひゃくたろう》は、にっこりわらってうなずきます。それから、

「きみは、おタネさんて、いうのかい。だったら、きのうお千賀《ちか》ちゃんにくっついて天神《てんじん》さまにでかけたのは、おまえさんだろ」

7

伊勢屋徳右衛門《いせやとくえもん》は、五十すぎのやせた男《おとこ》でした。おかみさんのほうは、四十四、五歳《さい》、ぽっちゃりした色白《いろじろ》の美人《びじん》です。もしかしたら、お千賀《ちか》ちゃんの色白《いろじろ》は、母親《ははおや》ゆずりなのかもしれません。

ふたりとも、ふってわいたような災難《さいなん》に、青《あお》い顔《かお》をしていました。とりわけおかみさんは目《め》を泣《な》きはらし、百太郎《ひゃくたろう》とはなすあいだも、しじゅう、たもとで目《め》がしらをおさえています。

「ご主人《しゅじん》、じつはさきほど、おやじといっしょに亀戸《かめいど》の天神《てんじん》さまにいって、おじょうさんをのせたかご屋《や》をつきとめたところなんです」

百太郎《ひゃくたろう》は、ふたりをげんきづけるために、いままでの調査《ちょうさ》について報告《ほうこく》しました。ただ、きょうはく状《じょう》のことはだまっていました。

あんのじょう、徳右衛門夫婦《とくえもんふうふ》の顔《かお》に、いくぶんの血《ち》の気《け》がもどってきました。

「すると、むすめは、浅草《あさくさ》のあたりにとじこめられているんでございましょうか」

「さあ、それはまだわかりませんが、それより、おじょうさんをつれだしたやくざ男《おとこ》に、心《こころ》あたりはありませんか」

百太郎《ひゃくたろう》の質問《しつもん》に、ふたりは顔《かお》をみあわせます。

「千賀《ちか》が、そんな男《おとこ》と知《し》りあいだったとはおもえません。もちろん町内《ちょうない》や知人《ちじん》のなかにも、そんな男《おとこ》はおりませんし……」

「そうですか。ところで、おじょうさんの天神《てんじん》まいりは、以前《いぜん》からきまっていたんですか」

「はい、十日《とおか》ほどまえから、千賀《ちか》がせがむものですから、わたくしが、月《つき》がかわったら、おタネにつれていってもらえと、もうしました」

と、これはおかみさんのこたえです。

「じゃあ、きのう天神《てんじん》さまにいくということは、お店《みせ》の人《ひと》も知《し》っていたんですね」

「はい、千賀《ちか》が、だれかれとなくしゃべっておりましたし、おタネも女中《じょちゅう》なかまにはなしたようです」

なるほど、これなら犯人《はんにん》が、あらかじめ、藤見物《ふじけんぶつ》の日程《にってい》を知《し》っていてもおかしくありません。

「わかりました。ご主人《しゅじん》、もうひとつおうかがいしますが、この店《みせ》でお習字《しゅうじ》のうまい人《ひと》はいませんか」

「お習字《しゅうじ》ですか」

徳右衛門《とくえもん》は、一瞬《いっしゅん》、けげんな顔《かお》をしましたが、

「はい、てまえも書道《しょどう》がすきなものですから、店《みせ》の者《もの》にも手習《てなら》いをすすめております。さようでございますね。うまいのは、やはり一番番頭《いちばんばんとう》の安兵衛《やすべえ》でしょう。けさ、おたくへうかがった真助《しんすけ》も筋《すじ》がいいようです。それに手代《てだい》の卯之吉《うのきち》も、書家《しょか》の先生《せんせい》がほめておられました」

「書家《しょか》の先生《せんせい》？」

「はい、熱心《ねっしん》な者《もの》は、先生《せんせい》について習《なら》わせているのです。真助《しんすけ》も卯之吉《うのきち》も、なかなか熱心《ねっしん》でして……。そういえば、ことしの正月《しょうがつ》の書《か》きぞめを表装《ひょうそう》したものがありました」

徳右衛門《とくえもん》が、床《とこ》の間《ま》の地袋《じぶくろ》から、三巻《かん》の巻《ま》きものをとりだして、たたみのうえにひろげました。

「これが、安兵衛《やすべえ》。これが、真助《しんすけ》。こっちのが卯之吉《うのきち》の作品《さくひん》です」

ひろげられたのは、どれもむつかしい漢字《かんじ》を書《か》きつらねたかけ軸《じく》でした。

「たいそうりっぱなものですねえ」

「はい、先生《せんせい》も、これだけのものが書《か》ける人間《にんげん》は、そんなにいないだろうと、ほめてくださいました」

百太郎《ひゃくたろう》は、かけ軸《じく》をながめていましたが、

「すみませんが、このかけ軸《じく》を、かしていただけませんか」

徳右衛門《とくえもん》にたのみました。

「それはかまいませんが、この書《しょ》が、なにか……？」

「ええ、ちょっと調《しら》べてみたいことがあるんです。あ、そうそう」

百太郎《ひゃくたろう》は、いそいで話題《わだい》をかえます。

「おじょうさんを無事《ぶじ》にたすけだすには、やはり身代金《みのしろきん》をわたさなくてはなりませんが、三百両《りょう》は、用意《ようい》できそうですか」

「それでしたら、けさのうちに用意《ようい》しておきました」

「さすがは伊勢屋《いせや》さんだ」

百太郎《ひゃくたろう》が感心《かんしん》すると、伊勢屋《いせや》の主人《しゅじん》は首《くび》をふりました。

「それが、運《うん》のよいことに、つい三、四日《か》まえ、材木《ざいもく》の買《か》いつけのために、三百両《りょう》ほど用意《ようい》させたのでございます。ふだんなら、とても一日《にち》やそこらで、三百両《りょう》もの大金《たいきん》をかきあつめられるものではないのですが、このたびは、たまたま、手元《てもと》にまとまったお金《かね》があったのでたすかりました」

徳右衛門《とくえもん》のはなしをききながら、百太郎《ひゃくたろう》は心《こころ》のなかで首《くび》をかしげました。伊勢屋《いせや》に三百両《りょう》の大金《たいきん》があったのは、はたして偶然《ぐうぜん》でしょうか、それとも……。

「そろそろ、おやじがもどってくるころですので、また、おうかがいします」

百太郎《ひゃくたろう》は、主人夫婦《しゅじんふうふ》にあいさつをすると、へやをでました。女中《じょちゅう》のおタネが、百太郎《ひゃくたろう》を木戸《きど》のところまでみおくります。

「おタネさん、きみも、災難《さいなん》だったねえ」

百太郎《ひゃくたろう》が声《こえ》をかけると、おタネは、ほっと、ためいきをつきました。

「あたいが、しっかりしてたら、おじょうさんも、あんな目《め》にあわなくてすんだんだけど」

「しょうがないよ。それはそうと、お千賀《ちか》ちゃんという子《こ》は、いったいどんな子《こ》だい」

「そうだねえ……」

おタネも、あいてがこわいお役人《やくにん》でなく、小《ちい》さな子《こ》どもなので、はなしやすいのでしょう。こんなことまではなしてくれました。

「ここだけの話《はなし》だけどさ、顔《かお》にあわず、おてんばなんだよ。近所《きんじょ》の男《おとこ》の子《こ》をあつめて石合戦《いしがっせん》をしたり、木《き》のぼりをしたり。男《おとこ》の子顔《こかお》まけさ」

「石合戦《いしがっせん》をねえ」

「そうさ、これがまたうまいんだ。石《いし》ころをなげさせたら、百発百中《ひゃっぱつひゃくちゅう》のうでまえなんだから」

百太郎《ひゃくたろう》も、まだ十二歳《さい》ですから、近所《きんじょ》の子《こ》どもと石《いし》なげをしたり、木《き》にのぼって遊《あそ》ぶこともあります。さらわれたお千賀《ちか》ちゃんも、おなじようなことをして遊《あそ》んでいたときくと、なんとなく親《した》しみがわいてきました。

8

伊勢屋《いせや》をでると、もう一《いち》ど相生町《あいおいちょう》の寺子屋《てらこや》によって、秋月先生《あきづきせんせい》にかけ軸《じく》をあずけました。もちろん、きょうはく状《じょう》の文字《もじ》とくらべてもらうためです。

「わかった。すこし時間《じかん》をくれたまえ。じっくり調《しら》べさせてもらうよ」

先生《せんせい》は、こころよくひきうけてくれました。

さて、家《いえ》にもどると、千次《せんじ》がうかない顔《かお》つきで、長火《ながひ》ばちのまえにすわっていました。

「とうちゃん、浅草《あさくさ》のほうは、どうだった?」

「どうも、こうもねえや。馬道《うまみち》にでかけたはいいが……」

浅草《あさくさ》の馬道《うまみち》は、浅草寺《せんそうじ》の東《ひがし》にあるにぎやかな通《とお》りです。かご屋《や》のはなしによると、お千賀《ちか》ちゃんは、浅草寺《せんそうじ》の随身門《ずいじんもん》のまえで、かごをおりると、男《おとこ》といっしょに寺《てら》の境内《けいだい》にはいっていったというのです。

「知《し》ってのとおり、寺《てら》や神社《じんじゃ》の境内《けいだい》は、寺社奉行《じしゃぶぎょう》のなわばりだから、おれたち町方《まちかた》の人《にん》間《げん》が大《おお》っぴらに調《しら》べられねえことになってるが、それでも、ひととおりきいてまわったんだ」

しかし、お千賀《ちか》ちゃんの足《あし》どりは、ふっつりとぎれてしまったというのです。

「土地《とち》の岡《おか》っ引《ぴ》きのところによって、きいてみたんだが、浅草《あさくさ》のへんに、左目《ひだりめ》に眼帯《がんたい》をして、右腕《みぎうで》にお題目《だいもく》のいれずみをした男《おとこ》は、いねえそうだ」

「やっぱりねえ」

「やっぱりって、おまえ、はなから、とうちゃんがしくじるとおもってたのか」

「そうじゃないけど、浅草《あさくさ》でかごをおりたのは、おっ手《て》をまよわせるためだとおもったんだ。つまり、犯人《はんにん》は、浅草寺《せんそうじ》からは、べつの方法《ほうほう》でお千賀《ちか》ちゃんをつれさったのさ」

「なあるほど……。そうか、どうりで、いくらさがしてもわからなかったはずだなあ」

千次《せんじ》が、くやしがります。

「と、なると、勝負《しょうぶ》は、今夜《こんや》、金《かね》をわたすときだな。ちくしょう。かならずひっつかまえてやるから」

「そのことなんだけど……」

百太郎《ひゃくたろう》は、じっと父親《ちちおや》の顔《かお》をながめました。

「妙見堂《みょうけんどう》にお金《かね》をもっていく役目《やくめ》は、おいらにさせておくれよ」

「おまえが……？」

「うん、おいらが伊勢屋《いせや》の小僧《こぞう》にばけていくのさ」

「そりゃあ名案《めいあん》だ。金《かね》をうけとった犯人《はんにん》を、おれが尾行《びこう》して、かくれ家《が》にもどったところをお縄《なわ》にするわけだな」

百太郎《ひゃくたろう》が、くすりとわらいました。

「おやめよ、とうちゃん。それでいつも失敗《しっぱい》してるじゃないか」

「う、うん」

千次《せんじ》が、けちょんとなってしまいました。犯人《はんにん》のあとをつける尾行《びこう》は、千次《せんじ》のもっともにがてとするところです。なにしろ、すもうとりみたいな体《からだ》ですから、こっそり尾行《びこう》しているつもりでも、すぐに犯人《はんにん》にさとられてしまうのです。

「だけど、おめえをひとりだけで妙見堂《みょうけんどう》にいかせるわけにはいかないぞ。なんてったって、おれはおまえの父親《ちちおや》なんだからな」

千次《せんじ》が、しぶい顔《かお》でいいました。

「おいらも、ひとりでいくつもりはないさ」

きゅうに百太郎《ひゃくたろう》が千次《せんじ》の耳《みみ》に口《くち》をよせて、なにごとかささやきました。

「なに、クロを……？　しかし、うまくいくかなあ」

百太郎《ひゃくたろう》のことばに、千次《せんじ》はうなずいたり、首《くび》をかしげたりしていましたが、

「よし、その手《て》でやってみるか」

ふといひざを、ぽんとうちました。

と、そのときです。おもての格子《こうし》が、がらりとあいて、

「百太郎《ひゃくたろう》くん、いるかね」

寺子屋《てらこや》の秋月先生《あきづきせんせい》が、かけ軸《じく》をかかえてはいってきました。

「あ、先生《せんせい》」

「わかったぞ。わたしの目《め》にくるいがなければ、手紙《てがみ》の主《ぬし》は、これを書《か》いた男《おとこ》だ」

先生《せんせい》が、なかの一巻《かん》を、はらりと、たたみのうえにひろげます。

「やっぱり……。ありがとうございます。ところで先生《せんせい》、今夜《こんや》、犯人《はんにん》をつかまえることになるとおもいますが、とうちゃんの手《て》だすけをしてくれませんか」

「ほほう、それはおもしろい。千次《せんじ》どの、ひとつ、捕《と》りもののてつだいをさせてください」

先生《せんせい》が、千次《せんじ》に頭《あたま》をさげます。

「先生《せんせい》にきていただければ、百人力《ひゃくにんりき》でさあ。しかし、その巻《ま》きものは、いったい……？」

なにも知《し》らない千次《せんじ》が、かけ軸《じく》に目《め》をおとしました。

「あ、これはとうちゃんには、秘密《ひみつ》。そのうち、わかるとおもうよ」

百太郎《ひゃくたろう》は、あわててかけ軸《じく》をしまいながら、先生《せんせい》にウインクしてみせました。

9

晩春《ばんしゅん》の太陽《たいよう》が西《にし》にかたむきはじめたころ、千次《せんじ》と百太郎《ひゃくたろう》は、そろって伊勢屋《いせや》にでかけました。

百太郎《ひゃくたろう》が店《みせ》の小僧《こぞう》にばけるときいて、徳右衛門《とくえもん》は、さいしょびっくりしましたが、じきに納得《なっとく》して、店《みせ》のマークのはいったまえかけや、ちょうちんを用意《ようい》してくれました。

「あ、それから、もうひとつおねがいがあるんです。番頭《ばんとう》の真助《しんすけ》さんにも、妙見堂《みょうけんどう》までついてきていただけませんか」

百太郎《ひゃくたろう》が、なにをおもったか、そんなことをいいました。

「真助《しんすけ》を、でございますか」

「ええ、もし犯人《はんにん》が、おいらをべつの場所《ばしょ》につれていくようでしたら、おいらたちを尾行《びこう》して、そいで犯人《はんにん》のかくれ家《が》を、とうちゃんに報告《ほうこく》してほしいんです」

「そんな大役《たいやく》が、番頭《ばんとう》につとまるでしょうか」

「だいじょうぶですよ。こんな役《やく》は、しろうとのほうが、かえって犯人《はんにん》にさとられないものなんです」

徳右衛門《とくえもん》は、不安《ふあん》げな顔《かお》をしながらも、真助《しんすけ》をよびます。百太郎《ひゃくたろう》のたのみをききおわった番頭《ばんとう》の真助《しんすけ》は、きんちょうした表情《ひょうじょう》ながらも、きっぱりとこたえました。

「ご主人《しゅじん》さま、真助《しんすけ》、いのちにかえても、悪人《あくにん》どものすみかをみつけてごらんにいれます」


柳島村《やなぎしまむら》の北十間川《きたじっけんがわ》と横十間川《よこじっけんがわ》がまじわったところに、法性寺《ほっしょうじ》というお寺《てら》がありました。土地《とち》の人《ひと》は、妙見堂《みょうけんどう》とよんでおります。

その当時《とうじ》の柳島《やなぎしま》は、町家《ちょうか》はほとんどなく、田《た》んぼのなかに、農家《のうか》や、大《おお》きなお寺《てら》、それに料理屋《りょうりや》などが、ぽつん、ぽつんとたっていました。

柳島《やなぎしま》は、江戸《えど》っ子《こ》にとって、日《ひ》がえりハイキングをたのしむ、絶好《ぜっこう》の土地《とち》だったといえましょう。

妙見堂《みょうけんどう》もハイキングコースのひとつで、日《ひ》の高《たか》いうちは参詣人《さんけいにん》でにぎわいますが、それもせいぜい夕方《ゆうがた》の五時《じ》ごろまで、日《ひ》がくれると、人《ひと》っ子《こ》ひとりみえなくなります。妙《みょう》見堂《けんどう》の境内《けいだい》には、〝星降《ほしくだ》りの松《まつ》〟という大《おお》きな松《まつ》の古木《こぼく》がはえていて、木《き》のしたは、ひるまでもうすぐらいほどでした。

この松《まつ》の根《ね》かたから、二十メートルほどはなれた境内《けいだい》の中央《ちゅうおう》に、ぽつんと、ちょうちんのあかりがともり、ひとりの小僧《こぞう》さんがたっています。いわずとしれた百太郎《ひゃくたろう》です。

遠《とお》くで、午後《ごご》八時《じ》をつげる時《とき》の鐘《かね》がきこえたとおもうと、ふいに本堂《ほんどう》のかげから人《ひと》かげがあらわれて、ちょうちんのそばにちかづきました。

「伊勢屋《いせや》の小僧《こぞう》さんだね」

「へい」

百太郎《ひゃくたろう》は、すかさずちょうちんをさしあげます。やみのなかに、若《わか》い男《おとこ》の顔《かお》がうかびあがりました。お千賀《ちか》ちゃんをつれだした、眼帯《がんたい》の男《おとこ》ではないようです。

「約束《やくそく》のものは、もってきたろうな」

男《おとこ》が、ちょうちんをわきにどけるようにしてたずねました。

「もってまいりました。おじょうさんは、どこにいらっしゃるんで?」

「安心《あんしん》しな。もらうものをもらえば、ちゃんと家《いえ》にとどけてやるよ。ほれ、はやいとこ金《かね》をわたしな」

男《おとこ》は、百太郎《ひゃくたろう》が腰《こし》にまいている金《かね》づつみに手《て》をのばします。

「だめですよ。お金《かね》は、おじょうさんとひきかえにするんだって、だんなさまにいわれました」

「なにを……」

一瞬《いっしゅん》、男《おとこ》はすごい目《め》でにらみましたが、すぐに、

「わかったよ。それじゃあ、むすめをわたしてやるから、こっちにきな」

そういって、くるりとまわれ右《みぎ》をすると、本堂《ほんどう》のほうにあるきだしました。百太郎《ひゃくたろう》も、あわててあとをおいます。本堂《ほんどう》の裏手《うらて》まできたとき、なにをおもったのか、男《おとこ》がふりかえりました。

「ああ、そうそう。小僧《こぞう》さん……」

「へい？」

なにげなく顔《かお》をあげた百太郎《ひゃくたろう》のみぞおちに、若《わか》い男《おとこ》のこぶしが、ふかぶかとうまりました。

10

ガラガラという、荷車《にぐるま》の音《おと》で目《め》をさましました。車《くるま》の音《おと》は、百太郎《ひゃくたろう》の体《からだ》のしたからきこえてきます。身《み》をおこそうとしたとたん、ふたのようなものに頭《あたま》をぶっつけてしまいました。

妙見堂《みょうけんどう》の境内《けいだい》で若《わか》い男《おとこ》にであったこと、男《おとこ》にくっついて本堂《ほんどう》の裏手《うらて》にまわったことはおぼえています。

そうだ、おいらは犯人《はんにん》に、あて身《み》をくわされて気《き》をうしなってしまったんだ。そいで、長持《ながもち》みたいな箱《はこ》にいれられて、荷車《にぐるま》ではこばれてるんだ。百太郎《ひゃくたろう》は、あわてて腰《こし》に手《て》をやりました。三百両《りょう》は、まだ無事《ぶじ》のようです。犯人《はんにん》は、お金《かね》といっしょに、百太郎《ひゃくたろう》をかくれ家《が》につれていくつもりでしょう。むろんそこには、お千賀《ちか》ちゃんもつかまっているにちがいありません。百太郎《ひゃくたろう》は、ふところに手《て》をいれると、七《なな》つ道具《どうぐ》のはいったかわぶくろをにぎりしめました。

千次《せんじ》の助手《じょしゅ》をしていても、百太郎《ひゃくたろう》は、まだ十手《じって》はもっていません。ただ、いざというときのために、先《さき》にかぎのついたじょうぶなひもや、呼子《よびこ》、それに火《ひ》うち石《いし》やろうそくといった道具《どうぐ》を、かわぶくろにいれてもっていました。

どれくらいはしったでしょうか。車《くるま》の音《おと》がやんだかとおもうと、頭《あたま》のうえのふたが、いきおいよくひらいて、ちょうちんのあかりがさしこみました。

「小僧《こぞう》さん、気《き》がついたかい」

若《わか》い男《おとこ》が、にやにやわらいながらのぞきこみます。百太郎《ひゃくたろう》は、のろのろと身《み》をおこしながら、すばやくあたりを観察《かんさつ》しました。星《ほし》あかりのしたに、黒《くろ》い山《やま》かげがおおいかぶさるようにせまり、そのまえに、一けんの農家《のうか》がたっていました。うしろは、みわたすかぎりの田《た》んぼで、はるか遠《とお》くに人家《じんか》のあかりが、小《ちい》さくみえました。

「ごらんのとおり、野《の》なかの一《いっ》けん家《や》だ。大声《おおごえ》をあげたきゃあ、あげるがいいさ」

やにわに、男《おとこ》が百太郎《ひゃくたろう》の体《からだ》に荒縄《あらなわ》をかけてしばりあげてしまいました。それから縄《なわ》のさきをもって、農家《のうか》のなかへとはいっていきました。

土間《どま》のおくは板《いた》ばりになっていて、中央《ちゅうおう》にいろりがきってあります。いろりのむこう側《がわ》に、もうひとりの男《おとこ》がすわっていました。

「こりゃあ、伊勢屋《いせや》の小僧《こぞう》さん。きゅうくつなおもいをさせたねえ」

男《おとこ》が、ぐいと顔《かお》をあげます。左目《ひだりめ》に黒《くろ》い眼帯《がんたい》をした、三十歳《さい》くらいの男《おとこ》でした。その顔《かお》をみたとたん、百太郎《ひゃくたろう》は、声《こえ》をあげていました。

「おまえは……」

「はは、やっと気《き》がついたかい。小僧《こぞう》さん。いやさ、亀沢町《かめざわちょう》のちびっ子御用《ごよう》きき、百太《ひゃくた》郎親分《ろうおやぶん》」

いろりの火《ひ》にてらされた男《おとこ》の顔《かお》、黒《くろ》い眼帯《がんたい》で変装《へんそう》しているものの、まぎれもなく伊勢《いせ》屋《や》の三番番頭真助《さんばんばんとうしんすけ》ではありませんか。

「今夜《こんや》は、店《みせ》をぬけだすのに苦労《くろう》するとおもっていたが、おまえさんのおかげでたすかったよ。百太郎《ひゃくたろう》さん、おおせのとおり、おまえさんをのせた荷車《にぐるま》を尾行《びこう》して、ここまでやってきましたよ。もっとも、このかくれ家《が》を、親分《おやぶん》に知《し》らせにいく役目《やくめ》だけは、はたせそうもないがね」

真助《しんすけ》は、ゆっくりと眼帯《がんたい》をはずしました。

なんということでしょう。真助《しんすけ》が、お千賀《ちか》ちゃんをさらった犯人《はんにん》だったとは……。しかも、その真助《しんすけ》に、百太郎《ひゃくたろう》は犯人尾行《はんにんびこう》の大役《たいやく》をたのんでしまったのです。

「お千賀《ちか》ちゃんは、どこにいるんだ」

百太郎《ひゃくたろう》は、おもわずどなりました。

「安心《あんしん》しな。すぐに会《あ》わせてやるさ。そろそろ、お金《かね》をいただいてもいいだろう」

真助《しんすけ》は、百太郎《ひゃくたろう》のそばにちかよると、なんなく金《かね》づつみをぬきとります。

「兄貴《あにき》、こいつの始末《しまつ》はどうするんだい？」

若《わか》い男《おとこ》がたずねました。

「むすめといっしょに、あすの朝《あさ》、人買《ひとか》い船《ぶね》に売《う》りとばすのさ。男《おとこ》の子《こ》じゃあ、たいしたねだんにはならないとおもうが……」

真助《しんすけ》のことばに、若《わか》い男《おとこ》は無言《むごん》でうなずきました。そして百太郎《ひゃくたろう》をひきたてて、農家《のうか》の横手《よこて》にある納屋《なや》のまえにつれていきました。

「小僧《こぞう》、むすめといっしょに、いい夢《ゆめ》をみるんだな。あしたは、品川沖《しながわおき》から異国《いこく》への船《ふね》の旅《たび》だ」

どんと、腰《こし》をつかれたとおもうと、百太郎《ひゃくたろう》の体《からだ》は、わらのうえにころがっていました。

背後《はいご》で、納屋《なや》の戸《と》がしまり、ガチャリと、かぎをかける音《おと》がしました。

11

くらやみのなかで、人《ひと》のうごく気配《けはい》がしました。それといっしょに、かすかにいいかおりが百太郎《ひゃくたろう》の鼻《はな》をくすぐります。

「伊勢屋《いせや》のおじょうさん？」

百太郎《ひゃくたろう》は、においのほうにささやきました。

「ウ、ウ、ウ……」

くぐもった声《こえ》がします。

「ちょっと、まってくださいね」

百太郎《ひゃくたろう》は、しばらくのあいだ、うしろ手《で》にまわした腕《うで》を、しきりにすりあわせていましたが、やがて、はらりと荒縄《あらなわ》をほどいてしまいました。しばられるまえに、ほそい刃《は》ものを右手《みぎて》の指《ゆび》のあいだにはさんでおいたのです。

自由《じゆう》になると、まずふところから、ろうそくをとりだして火《ひ》をつけました。あかるくなった納屋《なや》のすみに、赤《あか》いふりそでの女《おんな》の子《こ》が、さるぐつわをはめられてころがっていました。百太郎《ひゃくたろう》は、手《て》ばやくいましめをといてやります。

「ああ、くるしかった」

口《くち》もとにほくろのある、色白《いろじろ》の顔《かお》が大《おお》きく深呼吸《しんこきゅう》しました。

「お千賀《ちか》ちゃんだね」

「ええ、そうよ。あんたは?」

「亀沢町《かめざわちょう》の岡《おか》っ引《ぴ》き、千次《せんじ》のむすこで、百太郎《ひゃくたろう》というものだよ」

「へえ、岡《おか》っ引《ぴ》きの子《こ》どもなの。あんたもさらわれちゃったってわけ」

百太郎《ひゃくたろう》は、いままでのいきさつを説明《せつめい》しました。

「なんだ、あたしをたすけようとして、反対《はんたい》につかまったのか。だらしないわねえ」

人《ひと》さらいにつかまったむすめですから、さぞめそめそしてるとおもったのに、お千賀《ちか》ちゃんは、いたってげんきです。百太郎《ひゃくたろう》は、すこしばかり気《き》がぬけてしまいました。

「ところでお千賀《ちか》ちゃんは、どうして真助《しんすけ》にくっついていったんだい。真助《しんすけ》は、やくざみたいなかっこうをしてたろ」

「だって、真助《しんすけ》ったら、おとっつあんといっしょに、浅草《あさくさ》で大《おお》けがをしたっていうんだもの。自分《じぶん》も左《ひだり》の目《め》にけがをして、着物《きもの》が血《ち》だらけになったから、かりてきたんだって……」

「腕《うで》のいれずみが、へんだとおもわなかった？」

「あれは、墨《すみ》で書《か》いてあるだけよ。けががはやくなおるように、おまじないをしてるんだって、はなしてくれたわ」

百太郎《ひゃくたろう》にも、ようやくなぞがとけました。真助《しんすけ》は、もののみごとに自分《じぶん》の変装《へんそう》を、お千賀《ちか》ちゃんにごまかしていたのです。

「そうか。ところで、ここは、どこらへんだろうね」

「知《し》らないわ。浅草寺《せんそうじ》の境内《けいだい》で、気絶《きぜつ》させられて、そいで長持《ながも》ちのなかにいれられて、ここまではこばれてきたんだから。あんた、そんなことも知《し》らないで、これからどうするの」

お千賀《ちか》ちゃんが、かわいい顔《かお》で、百太郎《ひゃくたろう》をにらみました。

「心配《しんぱい》することはないよ。ちゃんと、手《て》はうってあるからね。ともかく、ここからぬけださなくちゃあ」

百太郎《ひゃくたろう》は、納屋《なや》のなかをみまわしました。まわりはがんじょうな板《いた》でかこってありますが、天井《てんじょう》をみると、かべぎわの屋根板《やねいた》が、いくらかずれているようです。

「よし、あそこからでられそうだ」

百太郎《ひゃくたろう》は、かぎのついたひもをたくみにあやつって、天井《てんじょう》の横木《よこぎ》にからませました。

「お千賀《ちか》ちゃん、おいら、そとにまわってかぎをあけてやるから、まっていな」

百太郎《ひゃくたろう》がいうと、お千賀《ちか》ちゃんはにっこりわらって首《くび》をふりました。

「これくらい、あたしだってのぼれるわよ」

いうがはやいか、天井《てんじょう》からぶらさがったひもに手《て》をかけて、するするとのぼっていきました。さすが男《おとこ》の子《こ》と木《き》のぼり遊《あそ》びをしているだけのことはあります。

屋根板《やねいた》は、ちょっと力《ちから》をいれると、すぐにはずれました。ふたりは屋根《やね》のうえにでると、そっと地面《じめん》にとびおります。

「どんなもんだい。さあ、お千賀《ちか》ちゃん、はやいとこ、にげだそうぜ」

百太郎《ひゃくたろう》は、お千賀《ちか》ちゃんの手《て》をとって、農家《のうか》の庭《にわ》へかけだしました。

そのとき、前方《ぜんぽう》のやみのなかから、するどい声《こえ》がひびきました。

「そこまでだ、小僧《こぞう》!」

いつのまにでてきたのか、真助《しんすけ》がゆく手《て》にたちふさがっています。あわててうしろをふりむくと、こちらにも長《なが》いぼうをかまえた若《わか》い男《おとこ》がたっていました。

「納屋《なや》のなかからあかりがもれてるんで、みょうだとおもったが……。小僧《こぞう》、なかなかやるじゃあないか。だが、こうなったらしかたがない。ふたりとも、死《し》んでもらうぜ」

真助《しんすけ》の右手《みぎて》で、あいくちがギラリとひかりました。

12

百太郎《ひゃくたろう》は、お千賀《ちか》ちゃんを背後《はいご》にかばいながら、くちびるをかみしめました。そとからみると、板《いた》ばりの納屋《なや》はすきまだらけで、なかのあかりが、いくらでも、おもてにもれてしまうのです。それに気《き》づかなかったのは、百太郎一生《ひゃくたろういっしょう》の不覚《ふかく》でした。

でも、まだチャンスはあります。百太郎《ひゃくたろう》がここにとじこめられて、もう一時間《じかん》はたっているでしょう。そろそろ……。

真助《しんすけ》があいくちをかまえて、一歩《ぽ》ふみだしたときでした。うしろのくらやみが、そのまま真助《しんすけ》にのしかかったように、真助《しんすけ》の体《からだ》をのみこみました。

「うわあー」

真助《しんすけ》が、あいくちをほうりだして、その場《ば》にたおれます。なんと、一ぴきのまっ黒《くろ》い犬《いぬ》が、真助《しんすけ》の体《からだ》をつきとばしたのでした。黒犬《くろいぬ》は、つぎの瞬間《しゅんかん》、百太郎《ひゃくたろう》のそばにはしりよると、悪人《あくにん》たちをにらみつけながら、低《ひく》くうなりはじめました。

「な、なんだ。そいつは……」

やっとこさたちあがった真助《しんすけ》が、わめきました。

「はは、紹介《しょうかい》するよ。おいらの友《とも》だちのクロさ。いまだからはなしてやるが、おまえがきょうはく状《じょう》を書《か》いたってことは、ちゃんとわかってたんだよ。だけどお千賀《ちか》ちゃんをたすけるために、わざと、およがしてたのさ」

百太郎《ひゃくたろう》が、胸《むね》をはってこたえます。

「じゃあ、おれに尾行《びこう》させたのも……」

「いまごろわかったかい。あれも作戦《さくせん》のひとつなんだ。ああすれば、おまえは、へんな小細工《こざいく》をせずに、かくれ家《が》に直行《ちょっこう》するとおもったからね。そして、おまえのあとを、この犬《いぬ》がつけていたってわけ」

「へえ、あんたって、わりかし頭《あたま》がいいのねえ」

よこからお千賀《ちか》ちゃんが、感心《かんしん》したようにいいました。

「くそっ。かまうことはねえ。犬《いぬ》もいっしょに、あの世《よ》におくっちまえ！」

「がってんだ」

若《わか》い男《おとこ》が、ぼうをふりかざしておそいかかります。と、クロがぼうのしたをかいくぐって、男《おとこ》のふところにとびこんでいきました。

悲鳴《ひめい》をあげたのは、男《おとこ》のほうでした。

「ちくしょう――」

真助《しんすけ》が、あわてて、あいくちをひろいあげようとしたときです。

「そいつをひろうのは、やめたほうがいいぞ」

おちついた声《こえ》がしました。若《わか》い浪人風《ろうにんふう》のさむらいが、庭先《にわさき》にはいってくるところでした。

ぎょっとした真助《しんすけ》は、それでもあいくちをひろうと、武士《ぶし》めがけてぶっつかっていきます。あいくちが武士《ぶし》の体《からだ》にふれんとした、その一瞬《いっしゅん》、武士《ぶし》が体《からだ》をひらいて右手《みぎて》をうごかしました。そのとたん、真助《しんすけ》の体《からだ》は、三メートルむこうの地面《じめん》にたたきつけられていたのです。

「百太郎《ひゃくたろう》くん、けがはなかったかね」

「はい、先生《せんせい》。とうちゃんは……？」

「親分《おやぶん》は、ほれ、あそこだ」

みれば、田《た》んぼのなかの道《みち》を、大入道《おおにゅうどう》のような人《ひと》かげが、よたよたはしってきます。

「とうちゃん、おそかったじゃないか」

百太郎《ひゃくたろう》は、千次《せんじ》のそばにかけよりました。

「すまねえ、すまねえ。なんせ、クロのやつがすばしっこくて、おいかけるのに苦労《くろう》したぜ。ああ、こんなに長《なが》いことはしったのは、ひさしぶりだ」

千次《せんじ》は、息《いき》をきらせながら、庭先《にわさき》にはしりこむと、それでも御用《ごよう》きさらしく、地面《じめん》にのびている真助《しんすけ》にむかって、十手《じって》をつきだしました。

「真助《しんすけ》、御用《ごよう》だ」

ふいに、クロのほえ声《ごえ》がしました。若《わか》い男《おとこ》が、裏手《うらて》にむかってにげていきます。

「あ、あいつは、あたしにまかせて」

やにわに、お千賀《ちか》ちゃんが石《いし》ころをひろいあげたかとおもうと、大《おお》きなモーションをつけてなげつけました。石《いし》は、にげていく男《おとこ》のうしろ頭《あたま》に、みごと命中《めいちゅう》。男《おとこ》は、声《こえ》もなくたおれてしまいました。

「ねえ、百太郎《ひゃくたろう》さん。あたしの腕《うで》も、ちょっとしたものでしょ。岡《おか》っ引《ぴ》きの助手《じょしゅ》にしてくれないかなあ」

こうして、伊勢屋《いせや》のむすめゆうかい事件《じけん》は、めでたく仕舞《しま》いとなり、千次《せんじ》はひさしぶりにお奉行所《ぶぎょうしょ》から、おほめのことばをもらいました。

ただ、ざんねんなことに、お千賀《ちか》ちゃんや百太郎《ひゃくたろう》が売《う》りとばされるはずだった人買《ひとか》い商人《しょうにん》は、ついにつかまりませんでした。

真助《しんすけ》という男《おとこ》は、うわべは、まじめな奉公人《ほうこうにん》らしくふるまってはいたものの、これまでに店《みせ》のお金《かね》をかなりごまかしていたようです。それがばれそうになって、こんどの犯行《はんこう》を計画《けいかく》したそうです。それにしても、これだけはまじめに練習《れんしゅう》したお習字《しゅうじ》が、犯人《はんにん》わりだしのきめ手《て》になったのですから、皮肉《ひにく》なはなしではあります。

犯行《はんこう》をてつだった若《わか》い男《おとこ》は、道灌山《どうかんやま》のふもとにすむ小悪党《こあくとう》で、お千賀《ちか》ちゃんがとじこめられていた農家《のうか》も、その男《おとこ》の家《いえ》だったことが、あとでわかりました。

ところで、お千賀《ちか》ちゃんといえば、事件以来《じけんいらい》、百太郎《ひゃくたろう》の家《いえ》に、ちょくちょく遊《あそ》びにきては、岡《おか》っ引《ぴ》きの助手《じょしゅ》にしてくれといって、百太郎《ひゃくたろう》や千次《せんじ》をこまらせています。

信《しん》二《じ》のつり竿《ざお》

斉《さい》藤《とう》 洋《ひろし》

わたしの故郷《こきょう》は静岡県《しずおかけん》の伊豆半島《いずはんとう》の西側《にしがわ》にある。

それは、わたしが小学校《しょうがっこう》五年《ねん》のときだった。

八月《がつ》の最初《さいしょ》の金曜《きんよう》の夜《よる》、電話《でんわ》がなったので、わたしは受話器《じゅわき》をとった。

「もしもし、おれだよ。」

わたしはおどろいて、すぐには返事《へんじ》ができなかった。

それは信二《しんじ》の声《こえ》だった。信二《しんじ》というのは、いわば親友《しんゆう》で、いちばん仲《なか》がいい友《とも》だちだ。

「おれだよ、おれ。わかるか。」

「わかるよ。おまえ、退院《たいいん》できたのか。」

「まあな。」

と答《こた》えて、信二《しんじ》は元気《げんき》そうにわらった。

なんだかややこしい名前《なまえ》の病気《びょうき》にかかって、五月《がつ》のはじめ、信二《しんじ》は入院《にゅういん》してしまったのだ。前《まえ》の月《つき》、先生《せんせい》につれられて、クラスのみんなと、一度《いちど》だけお見舞《みま》いにいった。でも、そのとき、信二《しんじ》はベッドからおきあがることもできなくて、ろくろく口《くち》もきけなかったのだ。それでもわたしたちが帰《かえ》るとき、信二《しんじ》はわたしを手《て》まねきして、

「なおったら、カサゴ、つりにいこうな。」

と、よわよわしい声《こえ》でいった。

カサゴというのは、ピンク色《いろ》をした魚《さかな》で、からだにギザギザがついている。ちょっと見《み》ると気持《きも》ち悪《わる》いが、食《た》べるとおいしいのだ。

信二《しんじ》が病気《びょうき》になる前《まえ》は、よくふたりで堤防《ていぼう》にいってつった。でも、堤防《ていぼう》からだと、半日《はんにち》がんばっても、ふたつか三つしかつれない。ボートで海《うみ》にでなくてはだめだ。

わたしたちは、ボート屋《や》さんのモーターボートからおりてきた人《ひと》のクーラーを見《み》せてもらったことがある。二十センチから三十センチくらいのカサゴがたくさんはいっていた。

そんなことをちょっと思《おも》いだしていたら、電話《でんわ》のむこうで信二《しんじ》がいった。

「おい、カサゴ、つりにいこう。」

「退院《たいいん》したからって、つりなんかしにいっていいのか。」

「だいじょうぶ、だいじょうぶ。あしたは天気《てんき》もいいみたいだし、さっき、海《うみ》にいって見《み》

てきたら、水《みず》もきれいだったしな。」

「だけど、堤防《ていぼう》からじゃあ、あんまりつれないよ。」

わたしがそういうと、信二《しんじ》はちょっと声《こえ》をおとした。

「モーターボートでつるんだ。」

「モーターボート？　ボート屋《や》さんの？」

「そうだよ。」

「だけど、あれ、借《か》りるのに、お金《かね》がかかるんだろ。」

「だいじょうぶ。まかせておけって。あしたの朝《あさ》、ボート屋《や》の前《まえ》に四時《じ》にこいよ。エサはおれが用意《ようい》するから、おまえ、魚《さかな》いれるクーラーもってこいよ。ちゃんと氷《こおり》いれてな。」

それで電話《でんわ》は切《き》れてしまった。

家族《かぞく》がまだ寝《ね》ているうちに、わたしは家《いえ》をでた。ボート屋《や》までは、堤防《ていぼう》ぞいの道《みち》を自転《じてん》車《しゃ》でとばして五分《ふん》くらいだ。

わたしがボート屋《や》の前《まえ》までいくと、信二《しんじ》はもう堤防《ていぼう》にすわって、まっていた。元気《げんき》そうなので、わたしはほっとした。

わたしが自転車《じてんしゃ》からクーラーをおろすのもまちきれないように、信二《しんじ》は、

「はやく、はやく！」

といって、堤防《ていぼう》のむこうに姿《すがた》を消《け》した。

グルルル……。

まだ暗《くら》い堤防《ていぼう》の下《した》から、ボートのエンジンが低《ひく》いうなり声《ごえ》をあげた。

クーラーを肩《かた》からさげ、つり竿《ざお》をもったわたしが堤防《ていぼう》にあがると、信二《しんじ》はもうボートのロープをはずしている。

「出発《しゅっぱつ》！　きょうは大漁《たいりょう》だぜ。」

信二《しんじ》が船外《せんがい》モーターのかじをあやつって、わたしたちはボートの乗《の》り場《ば》からはなれた。

「ここいらあたりが、ポイントのはずだ。おれ、おとながつってるのを堤防《ていぼう》から見《み》て、場所《ばしょ》をおぼえておいたんだ。」

湾《わん》の入《い》り口《ぐち》あたりまでくると、信二《しんじ》はボートを止《と》め、竿《さお》をだした。お正月《しょうがつ》にお年玉《としだま》で買《か》ったじまんのリールから糸《いと》が出《で》ていく。わたしも、信二《しんじ》と反対側《はんたいがわ》に糸《いと》をたらした。二分《ふん》もしないうちに、手《て》ごたえがあった。

「おおっ！」

思《おも》わず声《こえ》をあげ、カラカラとリールをまくと、海《うみ》のそこからキラリと光《ひか》るものがあがってくる。

「ちぇっ、さきにやられたか。」

くやしそうな顔《かお》をしている信二《しんじ》の目《め》の前《まえ》に、わたしは、糸《いと》についたままのカサゴをつきだした。

「カサゴだ。三十センチはあるね。」

「あるもんか。どう見《み》ても、二十九・九センチだ。」

「まけおしみいってらあ。」

それからわたしはたてつづけに、三つつった。信二《しんじ》はぜんぜんつれない。わたしはちょっと気《き》の毒《どく》になって、信二《しんじ》にいった。

「せっかくボート借《か》りたのに、どうしたんだよ。」

「どうしたって、つれないもんはしょうがねえよ。それに、いっておくけど、このボート、借《か》りたんじゃねえよ。」

「えっ？」

「だって、子《こ》どもに貸《か》してくれるわけねえだろ。こんなちっちゃなボートだって、エンジンついてんだから、免許《めんきょ》がいるんだぜ。」

わたしは、モーターボートに免許《めんきょ》がいるなんて知《し》らなかった。

「じゃ、どうしたんだよ、このボート。」

「借《か》りたっていえば、借《か》りたんだけど、だまって借《か》りたっていうやつさ。」

「えーっ！」

びっくりしているわたしに、信二《しんじ》は平気《へいき》な顔《かお》でいった。

「きのうから、ボート屋《や》のおじさん、親《しん》せきのうちにいって、いないんだよ。昼《ひる》までだったら、だいじょうぶさ。ちゃんと調《しら》べておいたから、心配《しんぱい》いらねえよ。」

「だけど……。」

「だいじょうぶだって。おまえ、前《まえ》から、いっぺんボートでやってみたいっていってたじゃねえか。」

「そりゃあ、いったけど。」

わたしがそう答《こた》えたとき、また手《て》ごたえがあった。堤防《ていぼう》からでは、こうはいかない。わたしは悪《わる》いことをしているってことはわかっていたが、それより、つぎからつぎにつれるカサゴに夢中《むちゅう》になってしまった。

どういうわけか、信二《しんじ》はひとつもつれないのに、すっかり夜《よ》が明《あ》けたころには、わたしのクーラーはカサゴでいっぱいになっていた。それで、信二《しんじ》のにいれてもらおうと思《おも》い、ボートのなかを見《み》たのだが、信二《しんじ》のクーラーがない。

「あれ、おまえ、クーラーは？」

「もってこなかった。」

「なんだ。しょうがないなあ。そんなことだから、つれないんだよ。」

「まあ、いいよ。おまえのクーラーがいっぱいになったんなら、帰《かえ》ろうぜ。」

わたしとしては、もっとやっていたかったけれど、たくさんつっても、もって帰《かえ》れないならしょうがない。わたしは、リールに糸《いと》をまいた。

ボートを岸《きし》につないで、わたしが乗《の》り場《ば》におりると、さきに堤防《ていぼう》にあがっていた信二《しんじ》が、

「まずい。ボート屋《や》のおじさん、帰《かえ》ってきた。」

といって、下《した》にいたわたしに、あがってくるなと手《て》で合図《あいず》をした。

わたしは堤防《ていぼう》にからだをこすりつけるようにして、息《いき》をひそめた。信二《しんじ》が自分《じぶん》の竿《さお》をそっとわたしのほうにおろした。

「おれが、店《みせ》のなかでボート屋《や》のおじさんと、なんかしゃべってるから、そのあいだに、おまえ、そっと帰《かえ》ってくれ。」

信二《しんじ》はそういって、むこう側《がわ》にとびおりた。

堤防《ていぼう》から目《め》だけ出《だ》していると、車《くるま》からボート屋《や》のおじさんがおりてくるところだった。店《みせ》をあけて、なかにはいっていく。そのうしろから信二《しんじ》ははいり、とびらがしまった。

わたしは、クーラーと自分《じぶん》の竿《さお》と、それから信二《しんじ》の竿《さお》をもって、ちょっとはなれたところから堤防《ていぼう》にあがった。そして、自転車《じてんしゃ》はあとでとりにくることにして、そのまま歩《ある》いてうちに帰《かえ》ったのだった。

わたしは、無断《むだん》でボートを使《つか》ったのがばれるといやだったので、信二《しんじ》とつりをしたことは、だれにもいわなかったけど、信二《しんじ》とつりをしたのは、それが最後《さいご》になってしまった。

その日《ひ》の午後《ごご》、信二《しんじ》の竿《さお》をもって、ボート屋《や》さんの前《まえ》まで自転車《じてんしゃ》をとりにいき、信二《しんじ》の家《いえ》に竿《さお》を返《かえ》しにいったのだが、信二《しんじ》のうちは鍵《かぎ》がかかっていて、だれもいなかった。それで、うちに帰《かえ》ってきてから電話《でんわ》をしたが、やはりだれもでなかった。

つぎの日《ひ》も、そのつぎの日《ひ》も、電話《でんわ》にはだれもでなかった。

つりから帰《かえ》って、またぐあいが悪《わる》くなってしまったのだ。わたしはそう思《おも》うと、自分《じぶん》の責任《せきにん》のように感《かん》じられ、いてもたってもいられなかった。

そして、つりをしてからちょうど一週間《しゅうかん》たってから、母《はは》が夕食《ゆうしょく》のときに、いいにくそうにわたしにいった。

「ねえ、信二《しんじ》くんね……。」

母《はは》がわたしの顔《かお》から目《め》をそらした。

「信二《しんじ》がどうかした？　やっぱりまた、入院《にゅういん》したの？」

「またって？」

「だって、一回退院《かいたいいん》しただろ。」

「なにいってるの。」

「なにって……。」

ボートのことがあるから、わたしは、先週《せんしゅう》、信二《しんじ》とつりをしたなんていえず、口《くち》ごもってしまった。

「信二《しんじ》くんね……。」

母《はは》が涙《なみだ》ぐんだ。

「信二《しんじ》くんね、きのうの朝《あさ》、病院《びょういん》で亡《な》くなったの。先週《せんしゅう》の金曜日《きんようび》の夕方《ゆうがた》から、病院《びょういん》のベッドで、ずっと意識不明《いしきふめい》で、それできのうの朝《あさ》……。」

「金曜《きんよう》から意識不明《いしきふめい》って……？」

「金曜《きんよう》の夕方《ゆうがた》、きゅうに悪《わる》くなって……。信二くんのお母さんがいうには、信二《しんじ》くんね、自分《じぶん》の新《あたら》しいリールとつり竿《ざお》をおまえにあげるんだって、最後《さいご》に、うわごといったんだって……。」

「そんな……。」

そういったわたしの顔《かお》を見《み》て、母《はは》は泣《な》きだしてしまった。

つぎの日《ひ》、わたしは信二《しんじ》のお葬式《そうしき》にいくまで、信二《しんじ》が死《し》んだことが納得《なっとく》できなかった。先週《せんしゅう》の金曜《きんよう》の夕方《ゆうがた》から意識《いしき》がなかったなんて、ありえない。夜《よる》、わたしのところに電話《でんわ》してきたんだし、土曜《どよう》には、いっしょにつりをしたのだ。

でも、お葬式《そうしき》は、まちがいなく信二《しんじ》のお葬式《そうしき》だった。あとで、ボート屋《や》のおじさんにきいたら、あの朝《あさ》はたしかに親《しん》せきの家《いえ》から帰《かえ》ってきたのだけど、信二《しんじ》は店《みせ》にこなかったといっていた。

意識不明《いしきふめい》で病院《びょういん》のベッドにいた信二《しんじ》が、どうしてつりにこられたのか、わたしにもわからない。わかるのは、信二《しんじ》は死《し》ぬ前《まえ》に、どうしてもわたしとカサゴつりをしたかったのだろうということだけだ。

お葬式《そうしき》がおわって、一週間《しゅうかん》くらいしてから、信二《しんじ》のお母《かあ》さんがうちにきた。新《あたら》しい竿《さお》とリールを買《か》ってきてくれたのだ。それは信二《しんじ》のとおなじものだった。

「ごめんね。さがしたんだけど、信二《しんじ》のがどうしても見《み》つからないの。」

わたしは、なんと答《こた》えていいかわからず、だまってうつむいていた。

新《あたら》しいのを買《か》ってきてくれなくてもよかったのだ。だって、信二《しんじ》のつり竿《ざお》は、リールといっしょにわたしのところにあったのだから。

信二《しんじ》のつり竿《ざお》とリールは、いまでもわたしの実家《じっか》の自分《じぶん》の部屋《へや》においてあり、わたしはときどき手入《てい》れをしている。


からだのがっしりした大学生《だいがくせい》が紙《かみ》から顔《かお》をあげると、女《おんな》の大学生《だいがくせい》がつぶやいた。

「それ、怪談《かいだん》っていうより、美談《びだん》っていう感《かん》じですね。」

顔《かお》のまるい大学生《だいがくせい》がうなずいていった。

「死《し》ぬ前《まえ》に、つりにいく約束《やくそく》をはたそうと思《おも》って、からだから魂《たましい》がぬけ出《だ》したっていうことだな。」

それきり、みんなだまってしまった。おもいおもいに、みんな、なにかを考《かんが》えているようだった。

しばらくすると、西戸《にしど》先生《せんせい》が立《た》ちあがった。

「さて、質問《しつもん》や意見《いけん》がなければ、きょうはこれでおわりにしよう。つぎは来月《らいげつ》だな。」

ぼくは女《おんな》の大学生《だいがくせい》に一階《かい》の出口《でぐち》までおくってもらい、六号館研究棟《ごうかんけんきゅうとう》から外《そと》に出《で》た。帰《かえ》るときはエレベーターの故障《こしょう》もなおっていて、ぼくたちはエレベーターで下《した》におりたのだ。

「気《き》をつけて帰《かえ》ってね。わたしたち、まだ西戸《にしど》先生《せんせい》のところで用事《ようじ》があるの。本《ほん》の整理《せいり》を手伝《てつだ》うことになってるから。」

わかれぎわに、女《おんな》の大学生《だいがくせい》はそういった。

ぼくは、ごちそうになった冷《ひ》やし中華《ちゅうか》のお礼《れい》をもういちどいって、うちに帰《かえ》ったのだった。

ムジナ探偵局《たんていきょく》　名探偵登場《めいたんていとうじょう》！

富安《とみやす》陽子《ようこ》

ムジナ探偵局《たんていきょく》ですか？　それなら、ほら、この《へんてこ横丁《よこちょう》》のつきあたりの、あのちいさな家《いえ》ですよ。《古書商《こしょあきない》・貉堂《むじなどう》》ってかんばんが見《み》えるでしょ？　その横《よこ》に、もう一枚《まい》《貉探偵局《むじなたんていきょく》》っていうかんばんがならんでるのが、わかりますか？　そうそう、あの家《いえ》。あそこが、おさがしのムジナ探偵局《たんていきょく》ですよ。え？　なんで、二枚《まい》もかんばんが出《で》てるのかって？

そりゃあね、あそこはもともと古本屋《ふるほんや》だったんだから、それが古本屋《ふるほんや》のおやじさんが急《きゅう》になくなって、どっか遠《とお》いいなかでくらしてたっていう息子《むすこ》がやってきたかと思《おも》うと《探偵局《たんていきょく》》なんていうかんばんをぶら下《さ》げるんだもの、みんな、びっくりしちまいましたよ。

だいたいねえ、この横丁《よこちょう》が《へんてこ》なんていうありがたくない名前《なまえ》でよばれるようになったのも、あそこに、あんなへんてこな探偵局《たんていきょく》ができたせいじゃないか……って、あたしは思《おも》ってるんですけどね。以前《いぜん》、ここは《変電所横丁《へんでんしょよこちょう》》っていう名《な》だったんだから。むかし変電所《へんでんしょ》があった、そのあと地《ち》に家《いえ》が建《た》ってるから《変電所横丁《へんでんしょよこちょう》》。それが、今《いま》じゃ《へんてこ横丁《よこちょう》》ですよ。なんだか、へんてこな人間《にんげん》が、うようよすんでるみたいじゃないですか。本当《ほんとう》は、そんなことないんですけどね。

へんてこっていえば、やっぱりあの探偵局《たんていきょく》をやっている古本屋《ふるほんや》の息子《むすこ》ですよ。名前《なまえ》は、たしか、《嶋雄太朗《しまゆうたろう》》っていったっけ。でも、だれも、そんな名前《なまえ》でよびやしませんけどね。横丁《よこちょう》の人《ひと》はみんな、あの人《ひと》のことを《ムジナ探偵《たんてい》》ってよんでますね。いつも、ねてるんだか、おきてるんだか、ふざけてんだか、まじめなんだか。まるっきりつかみどころのない人《ひと》だから《ムジナ》っていうあだ名《な》がぴったりなんです。ただし《探偵《たんてい》》っていうよび名《な》の方《ほう》は、名前《なまえ》だけですね。あの人《ひと》の仕事《しごと》っていえば、古本屋《ふるほんや》の店番《みせばん》しながら本《ほん》を読《よ》んでるか、近所《きんじょ》の子《こ》どもと将棋《しょうぎ》でもさしてるか、そうでなきゃ、昼寝《ひるね》してるだけなんだもの。たまに、探偵局《たんていきょく》にお客《きゃく》がきても、めったに依頼《いらい》はひきうけない。なんでも、一風《いっぷう》かわった、へんてこな事件《じけん》じゃないと、ひきうけないらしいですよ。

でも、まあ、あなたも、ムジナ探偵局《たんていきょく》に用事《ようじ》だなんて、ものずきなかたですねえ。なにか依頼《いらい》でもなさるつもりなんですか？　およしなさい、およしなさい。あんな、へんてこな探偵局《たんていきょく》、いくだけ時間《じかん》のむだですったら。

白《しろ》い木箱《きばこ》

ムジナ堂《どう》の店《みせ》の中《なか》は、ガスストーブの火《ひ》で、春《はる》のようなあたたかさだった。古本《ふるほん》のぎっしりつまった書棚《しょだな》にかこまれたせまい土間《どま》のおくには、たたみ二じょう分《ぶん》ほどのちいさな帳場《ちょうば》があって、そこでは今《いま》、自転車屋《じてんしゃや》の源太少年《げんたしょうねん》が、ムジナ探偵《たんてい》と、将棋《しょうぎ》の対局《たいきょく》の真最中《まっさいちゅう》だった。

ムジナ探偵《たんてい》の長《なが》い指《ゆび》が、将棋盤《しょうぎばん》の中央《ちゅうおう》に桂馬《けいま》の駒《こま》をすすめると、源太《げんた》は「げっ……」と悲鳴《ひめい》を上《あ》げた。

「あ……ちょっと……ちょっとだけ、タンマ。今《いま》の、もいっぺん、まって!」

うでぐみをしたムジナ探偵《たんてい》が、半分《はんぶん》ねむりかけたような目《め》をジロリとむいて、「だめ。もう、二回《かい》まった」と、ふきげんにこたえる。

そのとき、だれかが、店《みせ》の入《い》り口《ぐち》のガラス戸《ど》をガタピシとひきあけた。しかし、ムジナ探偵《たんてい》は、そっちに目《め》を上《あ》げようとさえしない。

横丁《よこちょう》をふきぬけたこがらしが、ひらいた戸口《とぐち》におしよせてきて、あたたかな空気《くうき》をかきみだす。

肌《はだ》をさすような風《かぜ》が、土間《どま》のおくにとどいた瞬間《しゅんかん》、やっとムジナ探偵《たんてい》が、ねむそうな目《め》を上《あ》げた。

「戸《と》、しめて下《くだ》さいよ」

お客《きゃく》は、あわてたように、おもたいガラス戸《ど》をひっぱって、こがらしをおもてにしめだした。髪《かみ》の長《なが》い女《おんな》の人《ひと》である。ツイードのコートからのぞく、ほっそりとした顔《かお》は青《あお》ざめて、どこか途方《とほう》にくれたようすで、店《みせ》の中《なか》を見《み》まわしている。まるで、この店《みせ》の中《なか》に入《はい》ったとたん、まいごになってしまったかのようだ。

(知《し》らない人《ひと》だな。古本《ふるほん》、買《か》いにきたんじゃなさそうだけど、なにしにきたんだろ?)

客《きゃく》の方《ほう》をぬすみ見《み》ている源太《げんた》の頭《あたま》を、ムジナ探偵《たんてい》が、うすっぺらな雑誌《ざっし》で、いきなり、ひっぱたいた。

「いたっ!」

そのとき、やっと決心《けっしん》したように、女《おんな》の客《きゃく》が口《くち》をひらいた。

「あの……。ムジナ探偵局《たんていきょく》は、こちらですね」

「はい、そうです」

源太《げんた》とムジナ探偵《たんてい》は同時《どうじ》にこたえた。いまいましげに源太《げんた》を見《み》たムジナ探偵《たんてい》が、将棋《しょうぎ》盤《ばん》ごと源太《げんた》の体《からだ》をおしのけて、土間《どま》の方《ほう》に身《み》をのりだす。

「それで……、あの、あなたが、探偵局《たんていきょく》の……？」

「嶋《しま》といいます」

女《おんな》の人《ひと》は、まるで、コートの中《なか》ににげこもうとでもするように、身《み》をすくめて、ぶあついツイードのえりをしっかりとかきあわせている。

ムジナ探偵《たんてい》は、するどい目《め》で、女《おんな》の人《ひと》のようすをうかがってから、土間《どま》のすみに手《て》をのばした。

「ま、立《た》ち話《ばなし》もなんですから、どうぞ、おすわり下《くだ》さい」

ホコリをかぶった丸《まる》いすを、帳場《ちょうば》の前《まえ》にひきよせておいて、ムジナ探偵《たんてい》は、源太《げんた》の方《ほう》をふりかえった。

「ええ……。源太《げんた》……君《くん》」

突然《とつぜん》、あらたまって名前《なまえ》をよばれたもので、源太《げんた》は、ポカンとした。

「君《きみ》。お茶《ちゃ》をいれてきてくれないか」

「え……？　おれ？」

「そう、君《きみ》」

ムジナ探偵《たんてい》は《早《はや》くいけ》というように、源太《げんた》にむかって、シッシと手《て》をふってみせた。

しぶしぶ帳場《ちょうば》のおくへ消《き》えていく源太《げんた》を見《み》とどけてから、やっと、ムジナ探偵《たんてい》は、丸《まる》いすの客《きゃく》の方《ほう》にむきなおった。

「さあ、では、まず、お話《はなし》をうかがいましょう。なにか、おこまりのごようすですが……」

「ええ。……あの……」

低《ひく》い声《こえ》で、そういったきり、女《おんな》の人《ひと》はだまりこんでしまった。気《き》まずい沈黙《ちんもく》の中《なか》、ムジナ探偵《たんてい》は、ざぶとんのわきにおいてあったタバコを取《と》り上《あ》げて、その中《なか》の一本《ぽん》を指《ゆび》にはさんだ。そのとたん、女《おんな》の人《ひと》が、はじかれたように顔《かお》を上《あ》げ、まゆをひそめる。

「あっ……。タバコは、ちょっと……。のどをいためてるものですから……」

「はあ……。それは、どうも……」

ムジナ探偵《たんてい》は、しかたなく、タバコをもとにもどして、うらめしげにため息《いき》をついたが、女《おんな》の人《ひと》は、そ知《し》らぬようすで、きれ長《なが》の目《め》を、じっとひざの上《うえ》におとしている。

「あの……。夢《ゆめ》が、本当《ほんとう》になることって、あるのでしょうか」

ポツリと、女の人《おんなひと》がたずねた。

「そりゃ、あるでしょう。むかしから、正夢《まさゆめ》だとか、夢《ゆめ》のおつげといった話《はなし》は、山《やま》ほどありますし、近《ちか》ごろでは、将来《しょうらい》おこる出来事《できごと》を、夢《ゆめ》で予知《よち》することを、予知夢《よちむ》というようですね」

女《おんな》の人《ひと》の体《からだ》が、コートの中《なか》で、ブルリとふるえるのがわかった。

「あたし……、このごろ、ずっと、同《おな》じ夢《ゆめ》ばかり見《み》るんです」

「ほう」

ムジナ探偵《たんてい》は、うなずく。女《おんな》の人《ひと》は、帳場《ちょうば》の方《ほう》に身《み》をのりだして、低《ひく》い声《こえ》で話《はな》しはじめた。

「夢《ゆめ》の中《なか》で、あたしは、いつも同《おな》じ場所《ばしょ》に立《た》っています。そこは、せまい通《とお》りに面《めん》した古《ふる》いおうちの前《まえ》で、せたけより高《たか》くのびたカイヅカイブキの生《い》け垣《がき》が、低《ひく》い瓦屋根《かわらやね》のうちを、ぐるりと取《と》りかこんでいます。自分《じぶん》でも、なぜ、そこにいるのか、なにをしにきたのかは、わかりません。ただ、生《い》け垣《がき》のとちゅうにある、ちいさな門《もん》の前《まえ》にじっと立《た》って、あたしはそのおうちを、一心《いっしん》に見《み》つめているんです。門《もん》の中《なか》には、梅《うめ》の木《き》の植《う》わった庭《にわ》と、その庭《にわ》に面《めん》した長《なが》い縁側《えんがわ》が見《み》えます。やがて、縁側《えんがわ》のとちゅうの一枚《まい》のしょうじ戸《ど》が、あたしの目《め》の前《まえ》で、ゆっくりとひらきはじめます。暗《くら》い座敷《ざしき》の中《なか》に、冬《ふゆ》の陽《ひ》がぼんやりとさしこんで、へやの中《なか》からは、かすかにナフタリンのにおいがただよっています。あたしの目《め》は、その座敷《ざしき》のおくの床《とこ》の間《ま》にすいよせられます。床《とこ》の間《ま》の上《うえ》の……あの白《しろ》い木《き》箱《ばこ》に……」

女《おんな》の人《ひと》は、そこで突然《とつぜん》、言葉《ことば》をきった。ただ、ぼんやりと宙《ちゅう》を見《み》つめて、だまりこんでいる。

「それで？ その夢《ゆめ》が、なにか？」

ムジナ探偵《たんてい》が、あくびをかみころしながら質問《しつもん》した。女《おんな》の人《ひと》は、ハッとわれにかえって、真剣《しんけん》なまなざしを、ムジナ探偵《たんてい》の顔《かお》にむけた。

「その家《いえ》が、本当《ほんとう》にあったんです。夢《ゆめ》ではなく、現実《げんじつ》に」

「ほう……」

ムジナ探偵《たんてい》はうなずいた。

「つい、二日《ふつか》前《まえ》のことです。あたし、去年《きょねん》から、ちいさな電気工事会社《でんきこうじがいしゃ》の事務《じむ》の仕事《しごと》をしてるんですけど、二日《ふつか》前《まえ》の木曜日《もくようび》、お得意先《とくいさき》に見積《みつ》りをとどけるようにいわれて、一人《ひとり》で岩根町《いわねちょう》まで出《で》かけました。いきしなは、駅前《えきまえ》からバスをつかって、帰《かえ》りには、バスがなかったもので、歩《ある》きました。とちゅうで、バス通《どお》りをそれて、ちょっと近道《ちかみち》するつもりでうら通《どお》りに入《はい》ったら……そしたら、あの家《いえ》があったんです。

なにもかも、夢《ゆめ》で見《み》たとおりの家《いえ》でした。高《たか》いカイヅカイブキの垣根《かきね》も、ちいさな門《もん》も、そっくり同《おな》じ。あたし、もう、びっくりしちゃって、思《おも》わず、門《もん》にかけよって、垣根《かきね》の中《なか》をのぞきこんでしまいました。門《もん》から見《み》える景色《けしき》も、やっぱり夢《ゆめ》と同《おな》じでした。夢《ゆめ》で見《み》たとおりの梅《うめ》の木《き》、夢《ゆめ》で見《み》たとおりの縁側《えんがわ》、その縁側《えんがわ》に面《めん》してならぶしょうじ戸《ど》の数《かず》も……。あの、かすかなナフタリンのにおいまで、なにもかもが、夢《ゆめ》のまんまなんです。

もちろん、あたしはそんな家《いえ》、二日前《ふつかまえ》まで、見《み》たこともありませんでした。岩根町《いわねちょう》にいったことさえなかったんですから……。それなのに、どうして、知《し》らない家《いえ》のことを夢《ゆめ》で見《み》たりしたんだろうって思《おも》うと、ただ、ふしぎで。たぶん、ずいぶん長《なが》い時間《じかん》、あたしは、そのおうちの前《まえ》に立《た》っていたんだと思《おも》います。そしたら、しょうじ戸《ど》が、ふいにあいたんです。夢《ゆめ》で見《み》たときと同《おな》じ、縁側《えんがわ》のはしから三つ目《め》のしょうじが、音《おと》もなくひらきました」

女《おんな》の人《ひと》は、興奮《こうふん》をのみこもうとするように、胸《むね》に手《て》をあて、大《おお》きく息《いき》をすった。

「しょうじをあけたのは、ちいさなおばあさんでした。あたしが、門《もん》のところでじっと中《なか》をのぞいてるんで、みょうに思《おも》ったんでしょうね。そのかたも、しきりに、こちらを、うかがうようでした。そのおばあさんのうしろに、うす暗《ぐら》い座敷《ざしき》が見《み》えました。夢《ゆめ》で見《み》たときみたいに、くっきりとは見《み》えませんでしたが、でも、へやのおくにちいさな床《とこ》の間《ま》があって、そして……、そこには、あの白《しろ》い木《き》の箱《はこ》がおいてあったんです。あいたしょうじ戸《ど》からさしこむ冬《ふゆ》の陽《ひ》が、その木箱《きばこ》を白《しろ》くぼんやり、暗《くら》がりの中《なか》にうかびあがらせて……。ほそ長《なが》い木《き》の箱《はこ》です。たぶん、桐《きり》の箱《はこ》じゃないかしら。あたしは、なぜだか、その箱《はこ》から目《め》がはなせなくなって、とうとう、おばあさんが、おこったようにしょうじ戸《ど》をしめてしまうまで、ずっと、すいよせられるように、箱《はこ》ばかり、見《み》ていました」

女《おんな》の人《ひと》は、口《くち》をつぐんでも、しばらく、まるで、見《み》えない木箱《きばこ》を見《み》つめるように、じっと一点《いってん》を見《み》すえて、うごかなかった。

源太《げんた》が、丸《まる》ぼんをはこんで、帳場《ちょうば》にあらわれた。三つならんだゆのみをガチャガチャいわせながら、ムジナ探偵《たんてい》の横《よこ》に腰《こし》を下《お》ろす。

「あっ！」と、ムジナ探偵《たんてい》が声《こえ》を上《あ》げた。

源太《げんた》と女《おんな》の人《ひと》が、そろってムジナ探偵《たんてい》の顔《かお》を見《み》る。ムジナ探偵《たんてい》は、源太《げんた》がはこんできたぼんの上《うえ》を、にらみつけていた。

「源太《げんた》……君《くん》。これは、どこからもってきたんだね？」

ムジナ探偵《たんてい》がにらんでいるのは、三つのゆのみのそばにそえられた、三《み》きれのぶあついヨウカンであった。

「流《なが》しの上《うえ》の棚《たな》ん中《なか》だよ」

源太《げんた》が、すましてこたえる。

「ぼくは、お茶《ちゃ》をたのんだだけなんだけどね」

ムジナ探偵《たんてい》は、こんどは源太《げんた》の顔《かお》をにらみつけたが、源太《げんた》は、それを無視《むし》して、一番《いちばん》でっかいヨウカンを指《ゆび》でつまむと、さっさとほおばりはじめた。

ムジナ探偵《たんてい》は、にがにがしげにため息《いき》をついて、目《め》の前《まえ》のぼんを、ほんのすこし、女《おんな》の人《ひと》の方《ほう》へおしやった。

「よかったら、どうぞ」

「ありがとうございます」

女《おんな》の人《ひと》も、ためらわずに、二番目《ばんめ》にでっかいヨウカンを指《ゆび》でつまんだ。

ムジナ探偵《たんてい》は、もう一度《いちど》、残念《ざんねん》そうに、大《おお》きなため息《いき》をもらして、一番《いちばん》ちいさなヨウカンを、つまみ上《あ》げた。

「……それで？　あなたは、ぼくに、なにをたのみにいらしたんですか？」

「あたし、どうしても、あの木箱《きばこ》の中味《なかみ》が知《し》りたいんです」

ヨウカンをかじりながら、女《おんな》の人《ひと》は、きっぱりといった。

「ほう」

「ばかげた、おねがいだとお思《おも》いでしょうね。でも、あたしには、あの箱《はこ》が、あたしを、あの場所《ばしょ》に、よびよせたように思《おも》えてしかたがないんです。夢《ゆめ》ではなく、現実《げんじつ》にあの家《いえ》があるとわかって、あの白《しろ》い木箱《きばこ》を見《み》てから、あたし、もうあの中《なか》になにが入《はい》っているのか、気《き》になって、気《き》になって、食事《しょくじ》ものどを通《とお》らないほどです」

そういいながら、女《おんな》の人《ひと》は、モリモリとヨウカンを食《た》べている。源太《げんた》は、なんだか、おかしくなって、ひっしにわらいをのみこんだ。

「あの箱《はこ》の中味《なかみ》を、しらべていただけませんでしょうか？」

「箱《はこ》の中味《なかみ》を……ねえ」

ムジナ探偵《たんてい》は、あまり気《き》のりしないようすでかんがえこんでいる。

「おねがいします。お礼《れい》は、きちんといたします。べつに、中味《なかみ》を取《と》ってきてほしいなんていってるんじゃありません。ただ、あの箱《はこ》の中《なか》をのぞいて中《なか》になにが入《はい》っているのか、それだけたしかめていただきたいんです」

熱心《ねっしん》にしゃべる女《おんな》の人《ひと》と、だまりこむムジナ探偵《たんてい》を、源太《げんた》は見《み》まもった。

「わかりました」

やがて、ムジナ探偵《たんてい》が顔《かお》を上《あ》げてうなずいた。

「この件《けん》は、おひきうけしましょう」

女《おんな》の人《ひと》の顔《かお》が、パッとかがやく。

「ありがとうございます。……それで、あの、結果《けっか》は、いつ、おしらせいただけるんでしょう？」

「そうですね。一度《いちど》、ようすを見《み》てからでないと、どれぐらいかかるかは、お返事《へんじ》できません。あしたは、日曜日《にちようび》ですから、では、月曜日《げつようび》に一度《いちど》、ご連絡《れんらく》することにしましょう。まだうかがっていませんでしたが、お名前《なまえ》と、連絡先《れんらくさき》を教《おし》えておいて下《くだ》さい。それから、もちろんその家《いえ》の場所《ばしょ》もね」

女《おんな》の人《ひと》は、何度《なんど》も礼《れい》をいうと、ムジナ探偵《たんてい》のさしだした広告《こうこく》のうらに、問題《もんだい》の家《いえ》までの道順《みちじゅん》と、自分《じぶん》の名前《なまえ》と電話番号《でんわばんごう》をしるして帰《かえ》っていった。

「篠田紘子《しのだひろこ》か……」

ムジナ探偵《たんてい》は、ひえた番茶《ばんちゃ》をすすりながら、その紙《かみ》をながめている。

「岩根町《いわねちょう》だったら、電車《でんしゃ》で三つ目《め》だね」

源太《げんた》も、地図《ちず》をのぞきこんで、口《くち》をはさんだ。

ムジナ探偵《たんてい》が、ジロリと源太《げんた》をにらむ。

「おまえ、どうして、かってに、人《ひと》の家《いえ》のヨウカンをきったりするんだ。いつ、おれが、ヨウカンをきれといった」

まだ、ヨウカンのことを根《ね》にもっている。

「お茶《ちゃ》には、お茶《ちゃ》うけがいるじゃないか。たまにしかこないお客《きゃく》さんなのに、ケチケチするなよ。おれは、気《き》をきかしてやったんだぜ」

源太《げんた》も口《くち》をとがらせて、やりかえした。

「ね、それよりさ。おもしろい話《はなし》だったね。夢《ゆめ》で見《み》た家《いえ》が本当《ほんとう》にあったなんて……。その箱《はこ》の中味《なかみ》って、なんだと思《おも》う？　やっぱり、宝物《たからもの》かなんかかな」

ムジナ探偵《たんてい》は、こたえない。

「あした日曜日《にちようび》だしさ、もし、その家《いえ》を見《み》にいくんなら、おれもついてってていいよね」

「だめ。あそびじゃないんだ」

「あ、それじゃ、きょう聞《き》いた話《はなし》、おれ、かあちゃんに話《はな》しちゃおうかなあ。かあちゃん、すごいおしゃべりだからな。横丁《よこちょう》のスピーカーっていわれてるのムジナさんも知《し》ってるだろ?」

それは、本当《ほんとう》だった。源太《げんた》の母親《ははおや》に知《し》られて、まもられる秘密《ひみつ》はない。だいたい二日《ふつか》以内《ない》には、横丁《よこちょう》じゅうに知《し》れわたることになるのだ。

「……いいだろう……」

やがて、おもおもしくムジナ探偵《たんてい》はうなずいた。

「おまえもつれていってやる。そのかわり、ペチャクチャしゃべるな。じゃまするな。それが約束《やくそく》できなきゃ、だめだ」

「ちかう、ちかう!」

源太《げんた》は、気軽《きがる》にうけあった。

こうして、源太《げんた》とムジナ探偵《たんてい》は、日曜日《にちようび》の朝《あさ》、篠田紘子《しのだひろこ》が夢《ゆめ》で見《み》たという家《いえ》を見《み》に出《で》かけることになったのである。

よく晴《は》れた、つめたい冬《ふゆ》の朝《あさ》だった。風《かぜ》はなかったが、それでもさすような寒《さむ》さが、コートの中《なか》にまでしみこんでくる。

源太《げんた》とムジナ探偵《たんてい》は、白《しろ》い息《いき》をはきながら、岩根町駅《いわねちょうえき》の改札《かいさつ》を出《で》た。

駅前《えきまえ》のちいさなロータリーのまわりには、ごちゃごちゃとビルが建《た》ちならんでいる。しかし、その町《まち》なみのむこうには、青《あお》あおとした山《やま》なみがせまって見《み》えた。

岩根町《いわねちょう》は、まだひらけはじめたばかりの町《まち》だった。ついこのあいだまで、田《た》んぼと畑《はたけ》しかなかったこの町《まち》に電車《でんしゃ》の停車駅《ていしゃえき》ができてから、田畑《たはた》は住宅地《じゅうたくち》へと姿《すがた》をかえつつあった。それでもまだ、新《あたら》しいマンションの横《よこ》にちいさな畑《はたけ》がのこっていたり、しゃれた鉄筋《てっきん》建《だ》てのテラスハウスの横《よこ》に古《ふる》びた瓦屋根《かわらやね》の家《いえ》があったり、町《まち》の景色《けしき》は、どこかチグハグで、新《あたら》しいものと古《ふる》いものがそこらじゅうでおしくらまんじゅうをしているようなかんじなのである。

源太《げんた》とムジナ探偵《たんてい》は、地図《ちず》を見《み》ながら、バス通《どお》りをそれ、うら道《みち》を通《とお》って、問題《もんだい》の家《いえ》をめざした。

いくつかの通《とお》りをぬけ、いくつかのつじをまがり、ちいさな川《かわ》にかかった橋《はし》をわたると、ほそいアスファルト道路《どうろ》の横《よこ》にガランとした田《た》んぼがあらわれた。その田《た》んぼのむこうに、何軒《なんげん》かの家《いえ》が点《てん》てんと建《た》っている。どれも、屋根《やね》の広《ひろ》い庭《にわ》の大《おお》きな、古《ふる》びた家《いえ》で、むかしながらの農家《のうか》のおもかげをのこしている。

「あれだ」

今《いま》までもくもくと歩《ある》いていたムジナ探偵《たんてい》が、その中《なか》の一軒《けん》を指《ゆび》さしていった。源《げん》太《た》の方《ほう》も、約束《やくそく》どおり、ずうっと口《くち》をつぐんで歩《ある》いてきたので、つめたい空気《くうき》の中《なか》、したまでがかじかんでしまったような気《き》がしていた。

「あれかあ」

ひとかたまりの白《しろ》い息《いき》といっしょに、源《げん》太《た》は言葉《ことば》をはきだした。

二人《ふたり》は、まただまって、田《た》んぼのわきを通《とお》り、めざす家《いえ》の正面《しょうめん》へと道《みち》をまわりこんだ。家《いえ》の前《まえ》は、せまい桜《さくら》の並木道《なみきみち》である。葉《は》をおとした桜《さくら》の大木《たいぼく》が、つめたい道路《どうろ》の上《うえ》にこずえを広《ひろ》げていた。

めざす家《いえ》は、二本目《ほんめ》の桜《さくら》の木《き》のわきに建《た》っていた。広《ひろ》びろとした庭《にわ》を、カイヅカイブキの垣根《かきね》が、ぐるりと取《と》りかこんでいる。垣根《かきね》のとちゅうには、きのう、話《はなし》に聞《き》いたとおりの、さびついたちいさな門《もん》も見《み》えた。どこといって、かわったところもない、古《ふる》ぼけた家《いえ》である。

ムジナ探偵《たんてい》がゆっくりと門《もん》に近《ちか》づくので、源《げん》太《た》もそのあとにつづいた。《築島《つきしま》》と書《か》いた木《き》の表札《ひょうさつ》が、門柱《もんちゅう》にかかっていた。

のぞきこむと、垣根《かきね》の中《なか》に広《ひろ》い庭《にわ》が見《み》える。いっぱいにつぼみをつけた紅梅《こうばい》の木《き》の下《した》にはちいさな畑《はたけ》もある。頭《あたま》の先《さき》をヒモでくくられた白菜《はくさい》が、いくつも地面《じめん》の上《うえ》にころがっていた。その畑《はたけ》のおくには、ニワトリ小屋《ごや》らしい金《かな》あみも見《み》えている。ひらかれようとする町《まち》の中《なか》で、取《と》りのこされたように、のどかな、家《いえ》のたたずまいだった。

庭《にわ》をながめていた源太《げんた》が目《め》を上《あ》げると、ムジナ探偵《たんてい》は、じっと、どこか一点《いってん》を見《み》つめていた。

その視線《しせん》の先《さき》をおって、源太《げんた》もやっと、縁側《えんがわ》のしょうじ戸《ど》が一枚《まい》、ひらいていることに気《き》がついた。

低《ひく》い軒《のき》のおくに座敷《ざしき》が見《み》える。そのうす暗《ぐら》い暗《くら》がりを見《み》すかすように、源太《げんた》は目《め》をほそめた。ぼんやり黒《くろ》く、床柱《とこばしら》が見《み》えた。その柱《はしら》の横《よこ》に、白《しろ》く、ほそ長《なが》い木箱《きばこ》がおかれている。

「……あれだね……」

源太《げんた》は、ささやくようにいった。

だまってうなずいたムジナ探偵《たんてい》が、突然《とつぜん》、まじまじと源太《げんた》の顔《かお》を見《み》た。

「源太《げんた》……君《くん》」

ムジナ探偵《たんてい》が、あらたまって、名前《なまえ》をよぶときは、どうもあやしい。源太《げんた》は、ドキリとして、一歩《ぽ》、あとずさった。

「君《きみ》。顔色《かおいろ》が悪《わる》いぞ」

「え？」

「気分《きぶん》が悪《わる》いんじゃないか？ 腹《はら》でもいたいんだろう」

「おれ、気分《きぶん》なんて悪《わる》くないよ」

源太《げんた》は、あきれてこたえる。

「いやいや。たしかに顔色《かおいろ》が悪《わる》い。そうだ。ちょっと、この家《いえ》でトイレをかりることにしよう」

「へ？」

源太《げんた》にも、ムジナ探偵《たんてい》のねらいが、かすかにわかってきた。つまり、源太《げんた》に仮病《けびょう》をつかえ、といっているらしい。

「やだよ。おれ、そんなウソつくの……」

「いいから、トイレをかりてこい。そのあいだにおれは、ちょっと、あの座敷《ざしき》に上《あ》がって、木箱《きばこ》の中《なか》をのぞいてくる」

「だ……だめだよ。そんなの……、まるで、どろぼうじゃないか」

「こら、人聞《ひとぎ》きの悪《わる》いことをいうな。だれが、物《もの》をぬすむといった。ただ、箱《はこ》の中《なか》を見《み》るだけだ」

「きょうは、下見《したみ》じゃなかったの？　また、こんどにしようよ」

「チャンスをのがすな。これがおれのモットーだ」

「でも……、もし、おばあさんが、トイレなんかかしてくんなかったら？」

「だいじょうぶ。ばあさんというものは、子《こ》どもにやさしいもんだ」

「見《み》つかったら、どうするんだよ」

「おれは、そんなドジはふまん。安心《あんしん》しろ」

「だけど……」と、源太《げんた》がいうより早《はや》く、ムジナ探偵《たんてい》は、表札《ひょうさつ》の下《した》の呼《よ》び鈴《りん》をならしていた。

家《いえ》の中《なか》で、ピンポーンとかろやかな音《おと》がひびく。源太《げんた》はとび上《あ》がりそうになった。

「はーい」

どこか、家《いえ》のおくでこたえる声《こえ》がした。かすかな人《ひと》の気配《けはい》が近《ちか》づいてくると、いきなり、門《もん》のわきの玄関《げんかん》の戸《と》が、ガラリとひらいた。

顔《かお》をのぞかせたのは、ねずみ色《いろ》のカーディガンを着《き》た、白髪頭《しらがあたま》のおばあさんだった。ひらいた戸《と》のあいだから、だれだろうというように、こっちを見《み》ている。

「すみません。ちょっと、子《こ》どもが具合《ぐあい》が悪《わる》くなって。急《きゅう》に、腹《はら》がいたいというんですが、もし、おさしつかえなければ、お手洗《てあら》いを拝借《はいしゃく》できませんでしょうか」

ムジナ探偵《たんてい》はすました顔《かお》で、スラスラとでまかせをしゃべった。あやしむようだったおばあさんの目《め》つきが急《きゅう》にやわらかくなった。

「あれ、そりゃ、なんぎでしたねえ。けさは寒《さむ》いから、ひえたのかもしれないね。どうぞお手洗《てあら》いぐらい、つかって下《くだ》さいよ。ぼうや、さあ、こっちから、上《あ》がっておいで」

こんないい人《ひと》をだますのかと思《おも》うと、源太《げんた》は胸《むね》がいたんだ。

ガラリと音《おと》をたてて、おばあさんは玄関《げんかん》の戸《と》を大《おお》きくあけると、しょんぼりしている源《げん》太《た》を家《いえ》の中《なか》にまねきいれた。

「さあ、えんりょいらんよ。こっち、こっち」

源太《げんた》は、トボトボと家《いえ》の中《なか》に入《はい》った。

「おとうさんも、寒《さむ》いから、玄関《げんかん》の中《なか》に入《はい》っとって下《くだ》さいよ」

「いえ、わたしは、あっちの庭先《にわさき》の方《ほう》で、またせていただきます。門《もん》の外《そと》から、みごとな梅《うめ》が見《み》えましたので……」

梅《うめ》の木《き》をほめられたおばあさんは、いよいよ、ニコニコとわらいだした。

「ああ、あれは古《ふる》い木《き》でねえ。それじゃまあ、梅《うめ》でも見《み》とって下《くだ》さい。ぼうや、ついておいでね」

源《げん》太《た》は、チラリと、ひなんめいたまなざしをムジナ探《たん》偵《てい》の方《ほう》にむけてから、玄《げん》関《かん》に上《あ》がった。

おばあさんは、玄《げん》関《かん》のすぐわきにあったドアをあけて、じゅうたんをしいた洋《よう》間《ま》に入《はい》ると、そのへやを通《とお》りぬけて、家《いえ》のうら手《て》へ源《げん》太《た》をつれていった。

うす暗《ぐら》い風《ふ》呂《ろ》場《ば》の横《よこ》に、タイルじきの手《て》洗《あら》いがあった。

「だいじょうぶかい？」

手《て》洗《あら》いの戸《と》をあけたおばあさんがふりかえって、しんぱいそうにたずねる。

源《げん》太《た》は、うしろめたい気《き》持《も》ちをのみこんで「うん」とうなずいた。

「じゃ、ゆっくりつかってね。えんりょはいらないから」

そういわれて源《げん》太《た》が、手《て》洗《あら》いの中《なか》へ一歩《ぽ》足《あし》をふみいれたとき。

ズシーン。

なにかが、ひっくりかえったような音《おと》が、二人《ふたり》の耳《みみ》にとどいた。

「なんだろ？」

おばあさんが、びっくりして耳《みみ》をすます。

源太《げんた》は思《おも》わず、手洗《てあら》いからとびだしていた。

「あっち！　縁側《えんがわ》の方《ほう》から聞《き》こえたよ！」

源太《げんた》がさけぶと、おばあさんは小走《こばし》りにかけだした。

あわてて縁側《えんがわ》へひきかえしていくおばあさんのあとを、源太《げんた》も、ドキドキしながらついていった。

玄関《げんかん》にもどって、洋間《ようま》とぎゃくの角《かど》をまがると、目《め》の前《まえ》に長《なが》い縁側《えんがわ》があらわれた。

縁側《えんがわ》を見《み》わたしたおばあさんと源太《げんた》は、ぎょっとして立《た》ちすくんだ。

あのひらいたしょうじ戸《ど》のかげから、ニュッとムジナ探偵《たんてい》の足《あし》がつき出《で》ている。

こわごわのぞくと、座敷《ざしき》の中《なか》に、ムジナ探偵《たんてい》がうつぶせにたおれていた。

「いったい……ど、どうし……」

「ムジナさん！」

思《おも》わず源太《げんた》がさけんだとき、たおれていたムジナ探偵《たんてい》が、ゆっくりとおき上《あ》がるのが見《み》えた。

「やれやれ……」

こちらに背《せ》をむけたままで体《からだ》をおこしながら、ムジナ探偵《たんてい》が、ため息《いき》をついた。

「やっと、おとなしくなったぞ」

ふりむいたムジナ探偵《たんてい》のうでの中《なか》には、うす茶色《ちゃいろ》をした毛《け》むくじゃらの動物《どうぶつ》が、しっかりとだきすくめられていたのである。

「きゃっ！　キ、キツネ……！」

おばあさんが悲鳴《ひめい》を上《あ》げた。

「え？　キツネ？」

源太《げんた》は、おどろいて、目《め》をこらした。

それは、たしかにほっそりとしなやかなキツネだった。とがった耳《みみ》、光《ひか》る目《め》、ピンとたったヒゲ……。しかし、どういうわけか、そのキツネには、しっぽがない。しりのつけ根《ね》から先《さき》のしっぽが、ブツリとたちきられでもしたように、なくなっているのだ。

「しっぽが……ない」

源太《げんた》が、ぼんやりとつぶやいたとき、突然《とつぜん》、おばあさんが、ふるえながら、座敷《ざしき》のかたすみを指《ゆび》さした。

「し、しっぽは……、あの箱《はこ》の中《なか》……」

「えっ⁉」

源太《げんた》は、もう一度《いちど》、息《いき》をのんだ。

源太《げんた》と、おばあさんと、ムジナ探偵《たんてい》の視線《しせん》が、指《ゆび》さされた床《とこ》の間《ま》のすみにあつまる。

そこに、あの白《しろ》い木箱《きばこ》があった。しかし、さっきまで、きちんととじていたはずの木箱《きばこ》のフタが、今《いま》はたたみの上《うえ》に、なげだされている。源太《げんた》は、フタのない木箱《きばこ》の中《なか》を、くいいるように見《み》つめた。

木箱《きばこ》の中味《なかみ》は、ふさやかな、金色《きんいろ》の、キツネのしっぽであった。

しっぽのないキツネも、うす青《あお》い、悲《かな》しそうな目《め》で、じっと、木箱《きばこ》にいれられたしっぽを見《み》つめている。

ムジナ探偵《たんてい》が、沈黙《ちんもく》をやぶって、口《くち》をひらいた。

「ぼくが、ちょうどお庭《にわ》の方《ほう》へまわっていくと、こいつが、座敷《ざしき》の中《なか》へ走《はし》りこむのが見《み》えましてね。こっそりのぞいて見《み》ていたら、なにやら床《とこ》の間《ま》のところをゴソゴソとかきまわしているんで、とっつかまえてやったんですよ。いやあ、ずいぶんあばれましたが、どうやら、あきらめたらしい。しかし、また、どうして、こいつは、しっぽをおとすようなはめになったんです？」

おばあさんは、うす気味悪《きみわる》そうに、キツネと、箱《はこ》の中《なか》のしっぽを見《み》くらべながら、話《はな》しはじめた。

「このごろ、それが、近所《きんじょ》で悪《わる》さばっかりしましてね。残飯《ざんぱん》なんかをあさってるうちは、まだよかったんですけど、そのうち、畑《はたけ》はほりかえす、すきを見《み》て、家《いえ》の中《なか》の食《た》べ物《もの》までぬすむ。うちは、ニワトリも一羽《わ》やられましたよ。

それで、ご近所《きんじょ》で相談《そうだん》して、保健所《ほけんじょ》の人《ひと》にたのんでワナをしかけてもらったんですけどね。そしたら、つい、二日前《ふつかまえ》の夜中《よなか》に、どうやら、うちの庭《にわ》のワナにかかったらしくて、ジタバタとあばれる音《おと》で、わたしは目《め》がさめました。でも、あいにく、うちのおじいさんはあしたまで、会社《かいしゃ》の同期会《どうきかい》の旅行《りょこう》で熱海《あたみ》にいってるんでね。わたし一人《ひとり》じゃこわいから、そのまま、朝《あさ》までほっといたんですよ。朝《あさ》になったら、だれかご近所《きんじょ》の人《ひと》にきてもらおうと思《おも》って……。

ところが、朝《あさ》になって見《み》てみると、まあ、かかったはずのキツネがいないじゃありませんか。たぶん、自分《じぶん》で、しっぽをくいちぎってにげたんでしょうねぇ。ワナには、あのしっぽだけがはさまってました。キツネがのこしていったしっぽだなんて、おっかないでしょう？　すてようか……とも思《おも》ったんだけど、おじいさんにも見《み》せんといかんし。しょうがないから、床《とこ》の間《ま》の箱《はこ》の中《なか》に、ナフタリンをいれて、しまっといたわけです」

「なるほど。そういうわけですか……」

ムジナ探偵《たんてい》がうなずく。源太《げんた》も、やっと、どうして、キツネのしっぽなんかが、木《き》の箱《はこ》におさめられていたのかがわかった。

ムジナ探偵《たんてい》は、しっかりとキツネをおさえつけたまま、かたいっぽうの手《て》をのばして、たたみの上《うえ》にころがる木箱《きばこ》のフタを取《と》り上《あ》げた。フタの表面《ひょうめん》には、黒《くろ》ぐろとした筆文字《ふでもじ》のしるされた一枚《まい》の紙《かみ》がはりつけられていた。ムジナ探偵《たんてい》のうでの中《なか》でキツネが、にげようともがいた。

「これは？」

ムジナ探偵《たんてい》が、紙《かみ》を見《み》てたずねる。

「ああ……それは、近《ちか》くの神社《じんじゃ》でもらった魔《ま》よけのおふだですよ。キツネは、たたるっていうから、箱《はこ》の上《うえ》にはっといたんだけど、あんましきき目《め》はなかったみたいですね。自分《じぶん》でフタまであけて、しっぽを取《と》りかえそうっていうんだから、やっぱり、キツネはすごいねえ。どうして、そこにしまってあるって、わかったんだろ。それに、取《と》りかえして、どうするんでしょうね」

ムジナ探偵《たんてい》は、なにもいわなかった。だまって、フタを木箱《きばこ》の横《よこ》におき、そして、おばあさんの顔《かお》を見上《みあ》げる。

「それで？　こいつは、どうしましょうか」

おばあさんは、こわごわ、ムジナ探偵《たんてい》のうでにとらえられたキツネを見《み》た。

「そうですねえ。おじいさんは、あしたまでもどらないし、保健所《ほけんじょ》に電話《でんわ》ってったって、きょうは日曜日《にちようび》だから、きてくれるかどうか……」

おばあさんは、こまりはてたように、頭《あたま》をふった。

「にがしてやっては、もらえませんか」

ムジナ探偵《たんてい》が、しずかにいった。

「えっ？」

おばあさんが、ギョッとした顔《かお》になる。

「……でもねえ、近所迷惑《きんじょめいわく》だから……。また、ニワトリでもやられたらこまるし、せっかくつかまえたのに、わたしがにがしたってわかったら、ご近所《きんじょ》の人《ひと》もだまっちゃいませんよ」

「もう、このあたりで悪《わる》さをしないように、よくいいきかせてからはなしましょう。なあに、自分《じぶん》のしっぽを取《と》りかえしにくるぐらい頭《あたま》のいいやつだ、こっちのいうことぐらい、きっとわかりますよ」

「……でもねえ……」

おばあさんは、ためらった。

ムジナ探偵《たんてい》が、言葉《ことば》をつづける。

「どんどん町《まち》が広《ひろ》がって、家《いえ》が建《た》ちはじめたんで、こいつたちのエサがへったんでしょう。今《いま》は、キツネが一番《いちばん》エサを食《た》べる時期《じき》なんですよ。春《はる》には、子《こ》どもを産《う》まないといけませんからね。キツネもつらいところです。すむ場所《ばしょ》はなくなる、食《た》べる物《もの》もない。それじゃあ、生《い》きていけませんからねえ」

おばあさんは、ムジナ探偵《たんてい》の話《はなし》を聞《き》いてしばらく、悲《かな》しげなキツネの目《め》を見《み》つめていた。それから、ゆっくりと座敷《ざしき》の中《なか》に歩《あゆ》みいり、腰《こし》をかがめて、木箱《きばこ》の中《なか》のしっぽを取《と》りだした。

そのしっぽを、キツネの目《め》の前《まえ》にさしだしながら、おばあさんはいった。

「いいかね？　もう、悪《わる》さしたらいかんよ。あんたは山《やま》へお帰《かえ》り。ここは、もう、あんたらのすむ場所《ばしょ》じゃないからね」

しっぽのないキツネは、目《め》じりの上《あ》がった目《め》をじっとおばあさんの顔《かお》にそそいで、まるで、その言葉《ことば》に聞《き》きいっているようだった。

口《くち》をつぐんだおばあさんが、ニコリとわらって、ムジナ探偵《たんてい》にうなずいてみせる。ムジナ探偵《たんてい》も、かすかにわらって、うなずきかえす。

つぎの瞬間《しゅんかん》、ムジナ探偵《たんてい》は、キツネをおさえつけていた手《て》をはなした。

茶色《ちゃいろ》いキツネは、身《み》をひるがえし、おばあさんのもつしっぽをくわえ取《と》ると、そのままポンととんで庭《にわ》におり立《た》った。

チラリと、こちらをふりかえるキツネの目《め》がかがやいて見《み》えた。そのまま、そのかろやかな体《からだ》は垣根《かきね》のすきまをぬけ、田《た》んぼの方角《ほうがく》へと消《き》えていってしまった。

「すみづらくなったのは、わたしも同《おな》じだね」

おばあさんが、つぶやいた。

キツネのかけていった田《た》んぼのむこうには、ズラリとならぶマンションの群《む》れが見《み》える。

「あれ？」

ふと、思《おも》いだしたように、おばあさんが源太《げんた》の顔《かお》を見《み》た。

「ぼうや、お手洗《てあら》いは？」

「あ……う……。もう、なおった」

源太《げんた》が、あわてて、モグモグとつぶやく。

「すみませんね。お世話《せわ》をおかけして」

ムジナ探偵《たんてい》が、頭《あたま》を下《さ》げた。

「いいえぇ。こっちこそ、すっかり、お世話《せわ》になっちゃって」

おばあさんが、ニコニコとわらう。

帰《かえ》ろうとする源太《げんた》とムジナ探偵《たんてい》に、おばあさんは、どっさりお土産《みやげ》までもたせてくれた。軒端《のきば》につるした大《おお》きな干《ほ》し柿《がき》と、白菜《はくさい》のつけものを一株《かぶ》。それから、いっぱいつぼみをつけた椿《つばき》の枝《えだ》も、紙《かみ》にくるんでくれた。

駅《えき》までの道《みち》をひきかえすとちゅう、源太《げんた》はムジナ探偵《たんてい》にねだって、干《ほ》し柿《がき》をひとつ、かじりながら歩《ある》いた。白《しろ》い粉《こな》をふいた干《ほ》し柿《がき》は、トロリとあまくておいしかった。

「だけどさぁ。あの箱《はこ》の中味《なかみ》が、キツネのしっぽだったなんて、びっくりだねぇ。それにしてもどうして、その箱《はこ》が、あの女《おんな》の人《ひと》の夢《ゆめ》に出《で》てきたのかはなぞだな」

「おまえは、なんにもわかっとらんな」

ムジナ探偵《たんてい》が、しかめっつらで言《い》った。

「なにが？」

「いいか？　きょう、おれがとっつかまえたキツネはな、あれは、きのう、店《みせ》にやってきたやつだ」

「へ？」

「べつのいいかたをしよう。つまり、きのう、おまえがきったヨウカンをパクついてた女《おんな》の客《きゃく》は、しっぽをなくしたキツネだったわけだ」

「え？　え!?　え!!」

源太《げんた》は、干《ほ》し柿《がき》を食《た》べるのもわすれて、目《め》をまるくした。

「どういうこと？　つまり、あのキツネが女《おんな》の人《ひと》に化《ば》けて、きのう、店《みせ》にやってきたっていうこと？　なんでさ？　なんで、そんなことしたんだ？」

「もちろん、しっぽを取《と》りかえすためだ。あいつは、ワナにはさまれた自《じ》分《ぶん》のしっぽを、あの築島《つきしま》のおばあさんが、木《き》の箱《はこ》にいれて床《とこ》の間《ま》においているのを、ちゃんと知《し》ってたんだ。しかし、その箱《はこ》のフタには、魔《ま》よけのふだがはってあっただろう？　あいつめ、自分《じぶん》では、箱《はこ》があけられないもんだから、おれをだまして、箱《はこ》のフタをあけさせようとしやがったんだな。

おれは、うすうす、そんなことじゃないかと思《おも》ってた。だから、きょう、あの座敷《ざしき》にこっそり上《あ》がりこんで、木箱《きばこ》の中《なか》をのぞくときにも十分用心《じゅうぶんようじん》していたわけさ。すると、案《あん》の定《じょう》、あのキツネがあらわれてな、木箱《きばこ》の中味《なかみ》を、かっさらおうとした。そこでおれは、そこを、むんずとおさえつけて、つかまえた……と、まあ、こういうわけだな」

「じゃ……じゃあ、あの夢《ゆめ》の話《はなし》は……？」

「ありゃあ、ぜんぶ、作《つく》り話《ばなし》だよ。ああいって、箱《はこ》の中味《なかみ》の正体《しょうたい》をしらべてくれとたのんでおけば、そのうちおれが、調査《ちょうさ》にいって、あの箱《はこ》のフタをあけるだろう？　それを、あいつはまってたのさ」

「でもさ……。でも、ちょんぎれたしっぽなんか取《と》りかえしてどうするのさ？」

「昔《むかし》っから、鬼《おに》にしろ、河童《かっぱ》にしろ、妖怪《ようかい》っていうやつは、かならず取《と》られた体《からだ》は、取《と》りかえしにくるときまってるのさ。手《て》でも、足《あし》でも、しっぽでも、体《からだ》の一部《いちぶ》がないと、妖力《ようりょく》が弱《よわ》っちまうんだろうな」

「じゃあ……あのキツネは、妖怪《ようかい》だったっていうこと？」

「妖怪《ようかい》じゃなくて、人《ひと》に化《ば》けたりできるか。動物園《どうぶつえん》のキツネを見《み》ろ。ただ、エサくって、ねてるだけじゃないか。妖怪《ようかい》だからこそ、魔《ま》よけのふだをこわがったんだ」

「でもさ……、そんなこと、ムジナさんは、最初《さいしょ》っから知《し》ってたわけ？　きのう、あの女《おんな》の人《ひと》がきたときから、あやしいって思《おも》ってたっていうんじゃないよね？」

ムジナ探偵《たんてい》は、ニヤリとわらった。

「おれを、あまく見《み》てもらっちゃこまるね。源太君《げんたくん》。あいつは、すぐに、しっぽをだしたんだぜ。もっとも、しっぽはなかったんだが。きのうの話《はなし》を聞《き》いたときから、おれは、あやしいと思《おも》ってたんだ」

「なにが？　どこが、あやしかったのさ」

「じゃあ、聞《き》くが、おまえ、においのある夢《ゆめ》なんて、見《み》たことあるか？　あいつは、夢《ゆめ》の中《なか》で、座敷《ざしき》の方《ほう》から、かすかなナフタリンのにおいがしてたっていっただろ。そいつが、まずへんだ。その上《うえ》、実際《じっさい》に、あの家《いえ》の前《まえ》に立《た》ったときにも、やっぱり、夢《ゆめ》どおりに、ナフタリンのにおいがしてたって、あいつはいったんだぜ。おまえ、きょう、門《もん》の前《まえ》に立《た》って、ナフタリンのにおいなんかしたか？」

源太《げんた》は首《くび》を横《よこ》にふった。

「だろ？　たしかに、あの木箱《きばこ》の中《なか》には、しっぽといっしょにナフタリンがいれてあった。だけどな。ふつうの人間《にんげん》に、箱《はこ》の中《なか》のナフタリンのにおいが、門《もん》の外《そと》からわかるはずがない。と、すればだ、可能性《かのうせい》はふたつ。あの女《おんな》の客《きゃく》は、おばあさんが、箱《はこ》の中《なか》に、しっぽとナフタリンをしまうところを実際《じっさい》に見《み》て知《し》っていたか、そうでなきゃ、ものすごく鼻《はな》のいいやつだっていうことになる。

だけど、おばあさんが箱《はこ》の中《なか》にしっぽをしまうところをだれかが見《み》るはずがない。知《し》らない女《おんな》の人《ひと》が家《いえ》の中《なか》をジロジロ見《み》てる前《まえ》で、おばあさんが、しっぽをしまったりするわけがないからな。キツネのきゅうかくは、人間《にんげん》の数十倍《すうじゅうばい》だ。あいつは、その鼻《はな》をつかって、ちゃあんと、しっぽのありかをかぎつけてたんだよ。そのときに、きっと、ナフタリンのにおいがしたんだ。それで、つい、作《つく》り話《ばなし》の中《なか》で、あんなことをいっちまったんだろうな。ちょっと、調子《ちょうし》にのりすぎたっていうことだ」

「へえ……。そうかあ……」

感心《かんしん》したように源太《げんた》がうなずく。

「ほかにも、あるぞ。あいつは、タバコをみょうにいやがってたろ。キツネとかタヌキっていうやつは、タバコのけむりが苦手《にがて》だ。キツネに化《ば》かされたときは、まず落《お》ち着《つ》いて、タバコを一服《いっぷく》しろっていうのを知《し》らないか？　タバコのにおいをかぐと、やつらの術《じゅつ》がとけちまうんだよ。それに、あのヨウカンの食《た》べかた。おまえみたいなぼうずならともかく、わかいむすめが、手《て》づかみで、ヨウカンにかじりつくなんていうのは、どこかおかしい。それなのに、おまえは、あの、とっておきのヨウカンを、化《ば》けギツネなんぞに、ごちそうしてやったんだから、あきれるよ」

ムジナ探偵《たんてい》は、またヨウカンのことを思《おも》いだしたのか、しかめっつらになった。

源太《げんた》には、ムジナ探偵《たんてい》のいうことが本当《ほんとう》なのかどうか、よくわからなかった。ただ、それっきり、篠田紘子《しのだひろこ》と名《な》のる客《きゃく》は、二度《にど》と探偵局《たんていきょく》にあらわれなかった。のこされた電話番号《でんわばんごう》をダイヤルしてみたが、それは、現在《げんざい》つかわれていない番号《ばんごう》だということがわかった。

やがて、事件《じけん》から一月《ひとつき》がすぎ、つめたい北風《きたかぜ》の中《なか》に、かすかな春《はる》の陽《ひ》ざしがとけだすようになったある日《ひ》、ムジナ探偵局《たんていきょく》の戸口《とぐち》に山《やま》の幸《さち》がどっさりとおかれていた。

探偵局《たんていきょく》にあそびにきた源太《げんた》は、土間《どま》のすみにつみ上《あ》げられたゼンマイとタラノメを見《み》つけて、目《め》をまるくした。

「うわあ、ふっといゼンマイ。でっかいタラノメ！　だれが、もってきたんだ？」

ムジナ探偵《たんてい》が、読《よ》みかけていた文庫本《ぶんこぼん》から、めんどくさそうに目《め》を上《あ》げる。

「たぶん、あのときのキツネがとどけてよこしたんだろ。礼《れい》は、ちゃんとするっていってたからな」

「えっ？　キツネって、あのしっぽを取《と》りかえしにきた？」

源《げん》太《た》は、手《て》をのばして、太《ふと》ぶととしたゼンマイを一本《ぽん》、つかみ上《あ》げた。

「すこし、もって帰《かえ》っていいぞ」

ムジナ探偵《たんてい》が帳場《ちょうば》から声《こえ》をかける。グルグルとまいた太《ふと》いゼンマイの根《ね》もとには、黒《くろ》ぐろとした山《やま》の土《つち》がこびりついている。

「あいつ、山《やま》に帰《かえ》ったのかなぁ……」

源《げん》太《た》は、ゼンマイを見《み》つめながら、つぶやいた。

今《いま》ごろあのキツネは、岩根町《いわねちょう》を見下《みお》ろす山《やま》のどこかで、子《こ》ギツネたちといっしょにくらしているのだろうか……。そう思《おも》うと、源《げん》太《た》の心《こころ》の中《なか》は、春《はる》がさたように、すこしだけポカポカとあたたかくなってくるのだった。

ムジナ探偵《たんてい》が、大《おお》きなあくびをした。

店《みせ》のガラス戸《ど》からさしこむ春《はる》の陽《ひ》が、あわあわと、土間《どま》のすみをてらしていた。

ちいさなアブ

「また、アブが入《はい》ってるよ」

源太《げんた》は、読《よ》んでいたマンガから顔《かお》を上《あ》げると、ムジナ堂《どう》のせせこましい店《みせ》の中《なか》をとびまわっている、ちいさな虫《むし》をイライラと目《め》でおった。「気《き》がちるなあ……」と、口《くち》をとがらす源太《げんた》を、帳場《ちょうば》のおくから、ムジナ探偵《たんてい》がにらんだ。

「だれが、集中《しゅうちゅう》してマンガを立《た》ち読《よ》みしろといったんだ」

「ちゃんと、すわって読《よ》んでるよ」

源太《げんた》は、店《みせ》のかたすみに丸《まる》いすをひっぱりだして、その上《うえ》にどっかと腰《こし》を下《お》ろし、さっきから熱心《ねっしん》にマンガを読《よ》んでいるのだった。

「よけい悪《わる》いだろ。おまえも、おじゃま虫《むし》のくせに、アブにもんくをいうな。気《き》になるなら、自分《じぶん》でおっぱらえばいいだろ」

「さっき、いっぺん、外《そと》においだしたんだよ。おっかしいなあ。戸《と》はしまってんのに……」

「建《た》てつけが悪《わる》いんだ。どっかにすきまでもあいてるのさ」

ムジナ探偵《たんてい》がそういったとき、帳場《ちょうば》のすみの電話《でんわ》がなった。

「はい。ムジナ堂《どう》」

ムジナ探偵《たんてい》が、受話器《じゅわき》を取《と》り上《あ》げブツブツとつぶやいた。

「ああ……、これは、どうも。いつも、ごひいきにあずかって、ありがとうございます」

ブーンと低《ひく》い羽音《はおと》をひびかせて、アブが、ムジナ探偵《たんてい》の頭《あたま》の上《うえ》をとびまわりはじめた。

ムジナ探偵《たんてい》は、受話器《じゅわき》をかたにはさむと、そっとたたみの上《うえ》に手《て》をのばし新聞紙《しんぶんし》をまるめて、アブをたたきおとそうと身《み》がまえる。

「……え？　おとうさまがなくなられたんですか？」

そういったとき、アブは、ふいに、帳場《ちょうば》の上《うえ》におりてとまった。

「いや……、それは、まことにどうも……」

いいながら、ムジナ探偵《たんてい》の手《て》が丸《まる》めた新聞紙《しんぶんし》をふり上《あ》げる。源太《げんた》も思《おも》わず、息《いき》をのんで、アブの運命《うんめい》を見《み》まもった。

「……ごしゅうしょうさまです」

そういうと同時《どうじ》に、バシリと新聞紙《しんぶんし》がアブをたたきつぶした。

「やった!」

源太《げんた》がちいさくさけんで、ムジナ探偵《たんてい》に拍手《はくしゅ》をおくる。ムジナ探偵《たんてい》は、新聞《しんぶん》をはなすと、受話器《じゅわき》をもちなおして、何事《なにごと》もなかったかのように、話《はな》しつづけた。

「はい。ええ、蔵書《ぞうしょ》を……処分《しょぶん》なさりたいんですね。ええ、ぞんじ上《あ》げています。かなりの量《りょう》になりますね。はい……それは、かまいませんよ。一度拝見《いちどはいけん》させていただいて、高額《こうがく》なものについては、こちらで買《か》い手《て》を見《み》つけられると思《おも》います。そのほかのものは、まとめて、図書館《としょかん》か、学校《がっこう》にでも寄贈《きぞう》なさってはいかがですか。もちろん、こちらでも、ある程度《ていど》は、おひき取《と》りできると思《おも》いますが……。ええ、わかりました。では、それは、また、うかがったおりにご相談《そうだん》させていただきましょう。そうですね……土曜日《どようび》の午後《ごご》でいかがですか?　わかりました。……では、土曜《どよう》の二時《じ》にうかがいます」

カチャリとちいさな音《おと》をたてて、ムジナ探偵《たんてい》は受話器《じゅわき》をおいた。

「なんだって?」

たちまち源太《げんた》が質問《しつもん》する。

「うん?　ああ、藤森《ふじもり》さんのごいんきょがなくなったんだそうだ。うちのお得意《とくい》さんで、値《ね》のはる希少本《きしょうぼん》や初版本《しょはんぼん》も気前《きまえ》よく買《か》ってくれるじいさんだったんだが、死《し》んじまうとろは、もったいない。もっとも、八十をとうにすぎてたから、まあ、大往生《だいおうじょう》っていうところだろう。家《いえ》の人《ひと》が、そのごいんきょの蔵書《ぞうしょ》を処分《しょぶん》したいっていうんで、こんどの土曜日《どようび》出《で》かける。源太《げんた》、おまえも、こい」

ムジナ探偵《たんてい》の方《ほう》から源太《げんた》をさそうというのはめずらしいことだった。源太《げんた》はうたぐるようにムジナ探偵《たんてい》の顔《かお》を見《み》た。

「なんで？　どうして、おれについてこいなんていうのさ。いつもじゃま者《もの》あつかいするくせに」

「うちの店《みせ》においとける本《ほん》は、その日《ひ》のうちにはこびだすつもりだ。おまえも、本《ほん》はこびを手《て》つだってくれ」

「ええっ!?　いやだよ。本《ほん》はこびなんて、つまんない。ちゃんと、アルバイト料《りょう》くれる？」

ムジナ探偵《たんてい》は、かんがえこむように、宙《ちゅう》をにらんだ。

「よし、一日《にち》、りっぱにはたらいたら、千円《えん》、バイト料《りょう》をだそう」

「二千円《えん》！」

源太《げんた》がいった。

「だめだ」

「じゃ、千八百円《えん》」

しばし、二人《ふたり》はだまりこくって、にらみあっていた。

「……じゃあ、千二百円《えん》。これが、ギリギリだな」

「ちぇっ。しけてんなあ」

「おまえ、藤森《ふじもり》っていえば、このあたりでも有数《ゆうすう》の豪邸《ごうてい》だぞ。その屋敷《やしき》をおがめるだけでもありがたいと思《おも》え。それに、うまくすれば、お茶《ちゃ》とケーキぐらいは出《で》るかもしれん。おれは前《まえ》にいっぺん、あの家《いえ》に本《ほん》をとどけにいって、ケーキをごちそうになったが、そのときのケーキを、おまえに見《み》せたかったなあ」

「どんなケーキだったの？」

ムジナ探偵《たんてい》は、両手《りょうて》でこんもり山《やま》の形《かたち》をえがいてみせた。

「……こう、まっしろい雪山《ゆきやま》のような生《なま》クリームの上《うえ》にだな、メロンだのイチゴだのサクランボだのオレンジだの、この世《よ》のものとも思《おも》えん豪華《ごうか》なフルーツが、てんこもりになってるんだ」

源太《げんた》は思《おも》わずゴクリとつばをのんだ。

「どうする？　いくか？　やめるか、どっちだ？」

「いくよ」

ムジナ探偵《たんてい》はニコリとわらって、うなずいた。

「では、きまりだな。車《くるま》でいくから、一時半《じはん》に、ここへこいよ。ちこくは禁物《きんもつ》。それから、ひとつ注意《ちゅうい》しとくが……」

「わかってる」

源太《げんた》が、ムジナ探偵《たんてい》の言葉《ことば》をさえぎった。

「ペチャクチャしゃべるな、じゃまするな……だろ？」

「わかってれば、けっこう」

いいながらムジナ探偵《たんてい》は、ふと思《おも》いついて、電話《でんわ》のわきになげだしてあった、まるめた新聞紙《しんぶんし》を注意《ちゅうい》ぶかく取《と》り上《あ》げた。

「……？」

探偵《たんてい》は、ちょっとまゆを上《あ》げて、しげしげと新聞紙《しんぶんし》を見《み》つめた。

「どうしたの？」

「アブが消《き》えちまったぞ」

「ええっ？」

源太《げんた》は丸《まる》いすをけって立《た》ち上《あ》がった。

「だって、さっき、たしかにたたきつぶしただろ？」

「うん。おれも、たしかにしとめたと思《おも》ったんだがな……」

二人《ふたり》は帳場《ちょうば》の台《だい》の上《うえ》や、電話機《でんわき》のかげや、ゆかやたたみの上《うえ》までを、こまかに見《み》まわしたが、つぶれたはずのアブは、どこにも見《み》あたらなかった。

「おっかしいなあ。つぶれたと思《おも》ったけど、生《い》きてたのかな？　でも、にげたんだったら、わかるよね。ブンブンうるさいんだから」

ムジナ探偵《たんてい》と源太《げんた》は二人《ふたり》でかんがえこんでしまった。

さっきまで、アブの羽音《はおと》がひびいていたムジナ堂《どう》の店《みせ》の中《なか》はしずまり、ガラス戸《ど》ごしの光《ひかり》の中《なか》におよぐ、こまかなホコリが見《み》えた。

土曜日《どようび》、ムジナ探偵《たんてい》は、白《しろ》いバンを店《みせ》の前《まえ》にとめて源太《げんた》をまっていた。源太《げんた》は、ムジナ探偵《たんてい》が車《くるま》を運転《うんてん》できるとは知《し》らなかった。

「これ、ムジナさんのクルマ？」

バンにのりこみながら、源太《げんた》はたずねた。

「レンタカーだ」

「ムジナさん、運転《うんてん》できたんだ」

「わからん」とムジナ探偵《たんてい》がこたえた。

「えっ？　どういうこと？」

「免許《めんきょ》はもってる。運転《うんてん》は、したことがない」

「えっ？　ちょっと、それ、うそだろ？　だって、じゃ、レンタカー屋《や》から、ここまで、どうやってきたの？」

「知《し》りあいにたのんでとどけてもらったんだ」

ムジナ探偵《たんてい》がキーをひねると、ブルンとエンジンがかかった。

「発進準備《はっしんじゅんび》よし」

低《ひく》い声《こえ》で、ムジナ探偵《たんてい》がつぶやくのを、源太《げんた》はあっけにとられてながめていた。

「シートベルトはしめたか？　歯《は》をくいしばれ！」

「いやだ！」

と、さけんだとたん、車《くるま》はつんのめるように走《はし》りだし、源太《げんた》はいやというほどしたをかんで、だまりこんだ。

へんてこ横丁《よこちょう》のせまい路地《ろじ》を、白《しろ》いバンは、くるったように走《はし》りぬけた。カーブにさしかかると、ムジナ探偵《たんてい》が思《おも》いっきりブレーキをふんだので、バンは急停車《きゅうていしゃ》し、源太《げんた》はおでこをフロントガラスにぶつけそうになった。

そこでむきをかえると、また急発進《きゅうはっしん》。そして、また車《くるま》はくるったように走《はし》りだす。

源太《げんた》は、ただ、もうおそろしくて、さけぶこともわすれ、足《あし》をふんばり、シートに体《からだ》をはりつかせて、息《いき》をつめているしかなかった。

道《みち》のわきを歩《ある》くおばさんの横《よこ》を猛《もう》スピードで走《はし》りぬけたムジナ探偵《たんてい》は、チラリとバックミラーを見上《みあ》げてつぶやいた。

「ようし、どうやら、ひかなかったな。うまいぞ」

源太《げんた》のせなかをつめたいあせがながれた。

交差点《こうさてん》の右折《うせつ》は、もっと悪《わる》かった。直進車《ちょくしんしゃ》の鼻先《はなさき》をかすめて右《みぎ》にまがったムジナ探偵《たんてい》は、まちがって右車線《みぎしゃせん》に進入《しんにゅう》し、あやうく信号《しんごう》まちの車《くるま》と正面衝突《しょうめんしょうとつ》しそうになりながら、進路《しんろ》を左《ひだり》に立《た》てなおした。あちらでも、こちらでも、ほかの車《くるま》が、さけぶようにクラクションをならしたが、ムジナ探偵《たんてい》は、そんなことなどすこしも気《き》にならないようだった。

「だんだん、コツがつかめてきたぞ」と、満足《まんぞく》げにムジナ探偵《たんてい》がつぶやいたとき、源太《げんた》は心《こころ》の中《なか》で（うそつけ）といいかえしていた。

わずか十分《ぷん》あまりのドライブは、どんな遊園地《ゆうえんち》のジェットコースターよりスリルと恐怖《きょうふ》にみちたものだった。

しかし、結局《けっきょく》、二人《ふたり》をのせたバンは、みぞに転落《てんらく》することもなく、生《い》け垣《がき》につっこむこともなく、無《む》きずのまま目的地《もくてきち》に到着《とうちゃく》したのである。

「ここだ」

ムジナ探偵《たんてい》が城壁《じょうへき》のような垣根《かきね》にそって車《くるま》を走《はし》らせながらそういった。源太《げんた》はホッとして、こわばるかたの力《ちから》をわずかにぬいた。

垣根《かきね》のとちゅうにあらわれたちいさな門《もん》の前《まえ》をす通《どお》りして、ムジナ探偵《たんてい》は白《しろ》いバンを走《はし》らせていく。

「いつもは、あの勝手口《かってぐち》から入《はい》るんだが、きょうは車《くるま》なんで、表門《おもてもん》をあけておいてもらった」

垣根《かきね》のまがり角《かど》にそって道《みち》をおれると、目《め》の前《まえ》に長《なが》い下《くだ》り坂《ざか》があらわれた。その坂《さか》を下《お》りきった右手《みぎて》に、表門《おもてもん》が見《み》えた。

どっしりとそびえる二本《ほん》の門柱《もんちゅう》のあいだのとびらは、まるでバンをむかえいれるように大《おお》きくあけはなたれている。……にも、かかわらず、ムジナ探偵《たんてい》は進入《しんにゅう》をしくじり、三回《かい》も車《くるま》をきりかえしたあげくに「この門《もん》は、ちょっとせまいな」ともんくをいいながら、なんとか門柱《もんちゅう》のあいだをすりぬけたのである。

しかし、門《もん》を入《はい》っても、家《いえ》が見《み》えない。

「すっげえ、広《ひろ》い家《いえ》。これ、本当《ほんとう》に一軒《けん》の家《いえ》なの？　小学校《しょうがっこう》より広《ひろ》いんじゃない？」

源太《げんた》はあきれて、目《め》の前《まえ》にのびるコンクリートの道《みち》をながめた。道《みち》は、竹《たけ》やぶの横《よこ》をのぼっていく。

「だからいっただろ？　有数《ゆうすう》の豪邸《ごうてい》だって」

ムジナ探偵《たんてい》は、自分《じぶん》の家《いえ》でもないのに得意顔《とくいがお》でニヤリとわらった。

やがて、大《おお》きくまがりこんだ道《みち》の先《さき》に、りっぱな洋館《ようかん》が姿《すがた》をあらわした。うろこのような青銅色《せいどうしょく》の瓦《かわら》でふかれた切妻屋根《きりづまやね》が空《そら》にそびえ、玄関《げんかん》の上《うえ》のはりだし窓《まど》には、ステンドグラスがはめこまれている。屋敷《やしき》のおくには、広《ひろ》びろとした庭《にわ》が広《ひろ》がり、桜《さくら》やツゲの大木《たいぼく》が青《あお》あおとした芝生《しばふ》を取《と》りかこむようにこいかげをおとしていた。

門《もん》からの道《みち》は、家《いえ》の手前《てまえ》でおわり、そこから先《さき》は、玄関《げんかん》の戸口《とぐち》まで黒《くろ》い玉石《たまいし》がつづく。

バンが、石《いし》の上《うえ》にすべりこんだとたん、進入者《しんにゅうしゃ》をつげる犬《いぬ》の声《こえ》が、あちこちでおこった。

するとまるで、その声《こえ》が合図《あいず》であったかのように、どっしりとした玄関《げんかん》の戸《と》がいきおいよくひらいた。

まだ小学校《しょうがっこう》の一、二年生《ねんせい》らしいちいさな男《おとこ》の子《こ》が一人《ひとり》、家《いえ》の中《なか》からとび出《だ》してきて、目《め》の前《まえ》にとまったバンを、興味《きょうみ》ぶかげにながめている。

ムジナ探偵《たんてい》がやっとエンジンをとめ、キーをぬいたので、源太《げんた》は心底《しんそこ》ホッとして、大《おお》きなため息《いき》をついた。

ムジナ探偵《たんてい》と源太《げんた》がバンからおり立《た》ったとき、どこか家《いえ》のおくから女《おんな》の人《ひと》の声《こえ》がひびいた。

「正一朗《しょういちろう》さあん！」

源太《げんた》は、その声《こえ》につられて、家《いえ》の方《ほう》を見《み》やったが、半《はん》びらきの玄関《げんかん》の戸《と》のおくをうかがうことはできなかった。

「正一朗《しょういちろう》さん」

家《いえ》の中《なか》で、さっきの女《おんな》の人《ひと》の声《こえ》が、もう一度《いちど》、同《おな》じ名前《なまえ》をよんだかと思《おも》うと、玄関《げんかん》の木《き》のとびらが、大《おお》きく外《そと》にむかってひらかれた。つっ立《た》っている男《おとこ》の子《こ》の背後《はいご》に、ほっそりとした女《おんな》の人《ひと》が姿《すがた》をあらわした。

「正一朗《しょういちろう》さん、どうしてお返事《へんじ》をしないの」

バンの横《よこ》に立《た》つムジナ探偵《たんてい》が女《おんな》の人《ひと》にむかって頭《あたま》を下《さ》げる。

「こんにちは。ムジナ堂《どう》です」

「ああ……」

女《おんな》の人《ひと》は、やっと気《き》がついたように、ムジナ探偵《たんてい》の方《ほう》に顔《かお》を上《あ》げ、あやふやにうなずいたが、すぐまた、男《おとこ》の子《こ》の方《ほう》に目《め》をむける。

「正一朗《しょういちろう》さん。かってにおもてに出《で》てはだめでしょう」

男《おとこ》の子《こ》は、めんどくさそうに、女《おんな》の人《ひと》をふりかえった。

「おもてに出《で》てないよ。お客《きゃく》さんがきたのを見《み》てるだけ」

「ま、おぎょうぎの悪《わる》い。あなたも、きちんとごあいさつなさい」

「こんにちは」

男《おとこ》の子《こ》が、源太《げんた》とムジナ探偵《たんてい》にむかってペコリと頭《あたま》を下《さ》げた。源太《げんた》はめずらしいものでも見《み》るように、男《おとこ》の子《こ》をながめていた。

この子《こ》は、どうやら、この屋敷《やしき》の子《こ》どもらしい。こんな大《おお》きな家《いえ》にすんでいて、《正一《しょういち》朗《ろう》さん》などとよばれる子《こ》どもがいることが、源太《げんた》には、とても現実《げんじつ》のこととは思《おも》えなかった。

「藤森《ふじもり》さんのお孫《まご》さんでしたね」

ムジナ探偵《たんてい》が、女《おんな》の人《ひと》に話《はな》しかける。

「ええ。初孫《はつまご》でしたから、義父《ちち》があまやかしてしまって……。おぎょうぎが悪《わる》いもので、失礼《しつれい》しました。きょうは、どうぞよろしくおねがいいたします」

「こちらこそ、よろしくおねがいいたします」

ムジナ探偵《たんてい》が頭《あたま》を下《さ》げたので、源太《げんた》もいっしょに、なんとなくおじぎをした。

「そちらは？」

女《おんな》の人《ひと》が、ふしぎそうに源太《げんた》を見《み》る。

「ああ、手《て》つだいです。うちの店《みせ》の方《ほう》でおひき取《と》りできる本《ほん》は、きょうじゅうにはこびだせるかと思《おも》いまして。もちろん、そちらが、よろしければですが……」

「まあ、それは、もう。そうしていただければたすかりますわ。なくなった義父《ちち》の書斎《しょさい》を改築《かいちく》して、ゲストルームにしようと思《おも》ってますのよ。あそこは、東《ひがし》むきの一番広《いちばんひろ》いへやですから、できるだけ早《はや》く、本《ほん》を処分《しょぶん》していただけるとたすかります。もう、義父《ちち》がなくなって、一月《ひとつき》になりますから……」

源太《げんた》は、男《おとこ》の子《こ》が、ジロジロと自分《じぶん》の方《ほう》を見《み》ていることに気《き》づいた。

「さ、では、どうぞ。書斎《しょさい》にご案内《あんない》いたします」

家《いえ》の中《なか》へ入《はい》っていこうとする女《おんな》の人《ひと》のかげで、男《おとこ》の子《こ》が突然《とつぜん》、源太《げんた》にアカンベーをして見《み》せた。源太《げんた》が、にらみかえすまもなく、男《おとこ》の子《こ》は玄関《げんかん》にくつをぬぎちらし、パタパタと、どこか、広《ひろ》い屋敷《やしき》のおくへ走《はし》っていってしまった。

「にくたらしいガキ……」

源太《げんた》は、ちいさな声《こえ》で、こっそりつぶやいた。広《ひろ》いホールをぬけ、長《なが》いろうかを通《とお》り、二人《ふたり》は屋敷《やしき》の東《ひがし》のはずれにある書斎《しょさい》へと案内《あんない》された。そのへやは高《たか》い天井《てんじょう》と、ぎっしり本《ほん》のつまった作《つく》りつけの書棚《しょだな》のせいで、まるで図書館《としょかん》のように見《み》えた。正面《しょうめん》のガラス窓《まど》からは、やわらかな春《はる》の陽《ひ》ざしが、毛足《けあし》の長《なが》い若草色《わかくさいろ》のカーペットの上《うえ》にふりそそいでいる。どちらをむいても、本《ほん》、本《ほん》、本《ほん》。ムジナ堂《どう》の本《ほん》より、何倍《なんばい》も数《かず》がおおそうだ。

「高《たか》いところの本《ほん》は、どうぞ、そこにあるふみ台《だい》をおつかい下《くだ》さい。なにか、ございましたら、机《つくえ》の上《うえ》のインターホンをおしていただけたらまいりますわ」

そういうと、女《おんな》の人《ひと》は、ムジナ探偵《たんてい》と源太《げんた》をのこして書斎《しょさい》から出《で》ていってしまった。

「すっげえなぁ……。本《ほん》だらけ」

あらためて、源太《げんた》はうなった。

「あたりまえだ。あのじいさんは、本《ほん》が道楽《どうらく》だったんだ」

「つまり、本《ほん》を読《よ》むのがすきだったってこと？」

「それもあるが、読《よ》むためだけにあつめるんじゃなくて、めずらしい本《ほん》をコレクションするのが趣味《しゅみ》だったのさ。同《おな》じ本《ほん》でも、数《かず》のすくない初版本《しょはんぼん》や、世《よ》の中《なか》に出《で》まわっていない私家版《しかばん》なんていうのは、目《め》の玉《たま》がとび出《で》るほど高《たか》いんだぜ。じいさんは、そういう本《ほん》をあつめるのがすきだったんだ。見《み》ろよ。ここは、まさに、宝《たから》の山《やま》だ。まあ、おまえにゃ、わからんだろうが、その道《みち》のコレクターが見《み》たら腰《こし》をぬかす。せっかく、これだけのコレクションがあるのに、それを処分《しょぶん》しちまうってんだから、もったいない話《はなし》だよ」

そういいながらムジナ探偵《たんてい》は、あたりをぐるりと見《み》まわした。そのとき、おもたい書斎《しょさい》のドアがわずかにあくのが見《み》えた。

そのすきまから、スルリと音《おと》もなく、さっきの男《おとこ》の子《こ》が入《はい》ってきた。

ムジナ探偵《たんてい》は、すこし面《めん》くらったように、男《おとこ》の子《こ》を見《み》て、やさしい声《こえ》で話《はな》しかけた。

「なにか用《よう》かな？　おじさんたちは、これからお仕事《しごと》だから、むこうにいっておいで」

「おじいちゃんは、どこにいったの？」

突然《とつぜん》、その子《こ》が質問《しつもん》した。

「ええっと……おじいちゃんはね、つまり、天国《てんごく》へいったんだ。おい、そうだな、源太《げんた》」

いきなり同意《どうい》をもとめられて、源太《げんた》はこまった。

「う……うん。たぶんね。中《なか》には、地獄《じごく》へいくやつもいるけど……」

ムジナ探偵《たんてい》がおそろしい目《め》つきで源太《げんた》をにらんだ。

「天国《てんごく》って、どこにあるの？　空《そら》の上《うえ》？　それとも地面《じめん》の下《した》なの？　ママは、おじいちゃんはけむりになってお空《そら》へのぼったんだっていったけど、それじゃあ、お墓《はか》の中《なか》にはなにが入《はい》ってるの？　それに、毎朝《まいあさ》、家《いえ》の仏《ぶつ》だんのおじいちゃんの写真《しゃしん》にごあいさつしなさいっていうのは、どうしてなの？　いったい、おじいちゃんは、どこにいるの？　ぼく、おじいちゃんに用事《ようじ》があるんだ。前《まえ》の日《ひ》まで元気《げんき》だったのに、急《きゅう》に死《し》んじゃうんだもん。おじいちゃんが死《し》んだのは、ぼくの誕生日《たんじょうび》の前《まえ》の日《ひ》だったんだよ」

「へぇ……そうなのか」

ムジナ探偵《たんてい》はうなずいて、気《き》づまりなようすでモジモジした。

「まあ、そういうことは、ママかパパに聞《き》きなさい。おじさんは、よく、わかんないからね」

それだけいうと、ムジナ探偵《たんてい》はもってきた帳面《ちょうめん》を広《ひろ》げ、にげこむように仕事《しごと》にぼっとうしはじめた。

「正一朗《しょういちろう》さあん！」

また屋敷《やしき》のどこかで、息子《むすこ》をさがす、母親《ははおや》の声《こえ》がした。

男《おとこ》の子《こ》は、顔《かお》をしかめて、大《おお》きなため息《いき》をひとつつくと、書斎《しょさい》から出《で》ていってしまった。

源太《げんた》は、ちょっとかたをすくめると、ブラブラと書斎《しょさい》の中《なか》を歩《ある》きまわりはじめた。ぶあつい背表紙《せびょうし》のならぶ書棚《しょだな》をスライドさせると、そのおくにはまた、ぎっしりと文庫本《ぶんこぼん》のつまった棚《たな》が姿《すがた》をあらわしたりする。源太《げんた》はたいくつなので、あっちの書棚《しょだな》をのぞき、こっちの書棚《しょだな》をうごかし、ガラス窓《まど》の外《そと》をながめ、時間《じかん》をつぶした。源太《げんた》がどんなに歩《ある》きまわっても、足音《あしおと》はひびかない。ふかふかのじゅうたんが、足音《あしおと》をすいとってしまうのだ。

ガランとした書斎《しょさい》はしずまり、ときおり、ムジナ探偵《たんてい》が帳面《ちょうめん》をめくる音《おと》と、なにやらペンを走《はし》らす音《おと》が、かすかに聞《き》こえるばかりだった。

「……！」

しかし、そのとき、聞《き》きおぼえのある耳《みみ》ざわりな音《おと》が、源太《げんた》の注意《ちゅうい》をひきつけた。

ブーン。

あの耳《みみ》ざわりな羽音《はおと》。

源太《げんた》は、おどろいて、書斎《しょさい》の中《なか》を見《み》まわした。

ちいさなアブがとんでいた。

ふりかえると、ムジナ探偵《たんてい》も仕事《しごと》の手《て》をとめ、くいいるように、とびまわるアブを見《み》つめている。

源太《げんた》は胸《むな》さわぎをふりはらうように、わざと大《おお》きな声《こえ》でいった。

「まさか、おんなじアブじゃないよね」

ムジナ探偵《たんてい》はだまったままこたえない。源太《げんた》は落《お》ち着《つ》きなく書斎《しょさい》の中《なか》を見《み》まわした。窓《まど》も、ドアも、へやの出入《でい》り口《ぐち》はすべてとざされている。さっき男《おとこ》の子《こ》がへやをのぞいたときに、どこからかまぎれこんだのだろうか。

アブは、羽音《はおと》をひびかせながら、高《たか》い天井《てんじょう》の下《した》をとびまわり、そのうち、書棚《しょだな》の中《なか》の一冊《さっ》の本《ほん》に取《と》りついたかと思《おも》うと、またとび立《た》って、グルグルと、あたりを旋回《せんかい》しはじめた。とびまわっては、本《ほん》にとまり、本《ほん》にとまってはとびまわるアブのゆくえを、源太《げんた》とムジナ探偵《たんてい》はくいいるように目《め》でおっていた。

ガチャリ、と、書斎《しょさい》のドアがあいたとき、源太《げんた》は、とび上《あ》がりそうになった。

「お茶《ちゃ》を、どうぞ」

さっきの女《おんな》の人《ひと》が、銀《ぎん》のぼんに、ティーカップとケーキ皿《ざら》をのせて入《はい》ってきた。

「ああ、すみません。どうぞ、おかまいなく」

ケーキで源太《げんた》をつったくせに、しらじらしくムジナ探偵《たんてい》はいいはなった。

源太《げんた》は、皿《さら》の上《うえ》のケーキを見《み》て、まゆをひそめた。

「やけに、ちいさいなあ……」

そのつぶやきを聞《き》きとがめたのか、ムジナ探偵《たんてい》がにらんでいる。

「フルーツものってない……」

わざと源太《げんた》は、いいつづけた。ムジナ探偵《たんてい》の目《め》からはもう、火花《ひばな》がちりそうだった。

「あら……」

女《おんな》の人《ひと》が、ふと宙《ちゅう》を見上《みあ》げる。

「いやだわ。アブが入《はい》ってるわ。どこから入《はい》ったんでしょう」

アブはまだ、天井《てんじょう》の下《した》でグルグルまわりをつづけていた。

女《おんな》の人《ひと》は、正面《しょうめん》のガラス窓《まど》を大《おお》きくあけはなった。

あまくかろやかな春《はる》の風《かぜ》が、ふわりと書斎《しょさい》にあふれ、かびくさい本《ほん》のにおいをふきはらう。

手《て》にもったぼんを、ゆるやかにうごかして、女《おんな》の人《ひと》はアブをおった。

まだ、名残《なごり》おしそうに、グルグルとへやの中《なか》をまわっていたアブは、やがてあきらめたのか、フイと明《あか》るい陽《ひ》ざしのもとへ、窓《まど》を通《とお》りぬけて、とびさっていった。

女《おんな》の人《ひと》は、また、ていねいに、ガラス窓《まど》をしめ、かぎをかけると、書斎《しょさい》から出《で》ていった。

おもたいへやのドアがしまった瞬間《しゅんかん》、ムジナ探偵《たんてい》が口《くち》をひらいた。

「おまえっていうやつは、もうちょっと、ぎょうぎよくできんのか」

「だって、生《なま》クリームが山《やま》のようだっていったじゃないか。この世《よ》のものとも思《おも》えないフルーツなんて、どこにあるんだよ。こんな、ちっぽけな、チョコレートケーキ。商店街《しょうてんがい》の十字屋《じゅうじや》なら、これの倍《ばい》ぐらいのケーキが百円《えん》だぜ」

「おろか者《もの》め！」

ムジナ探偵《たんてい》は、鼻息《はないき》もあらくどなった。

「こういう、ちっぽけな、チョコレートケーキこそ高《たか》いんだ。もんくをいわずに、ありがたくくえ。いらんのなら、おれがもらってやる！」

「なんだよ。《正一朗《しょういちろう》さあん》には、猫《ねこ》なで声《ごえ》のくせに、おれには、きびしいんだから」

源太《げんた》は、ブツブツもんくをいいながら、ちいさなケーキを指《ゆび》でつまむと、一口《ひとくち》にほおばった。

「フォークをつかえ、フォークを」

ムジナ探偵《たんてい》は、まだ、おこっている。そのケーキのスポンジには、ベチャベチャと洋酒《ようしゅ》がしみこんでいて、源太《げんた》は気《き》にいらなかった。

「やっぱ、十字屋《じゅうじや》の方《ほう》がうまいな」

「ふん」

ムジナ探偵《たんてい》は、ばかにしたように源太《げんた》をにらむと、急《きゅう》に書棚《しょだな》の方《ほう》に歩《あゆ》みよって、一冊《さつ》の本《ほん》をぬきとった。となりの棚《たな》からもう一冊《さつ》。べつの棚《たな》から二冊《さつ》。……ぜんぶで五冊《さつ》の本《ほん》を机《つくえ》の上《うえ》にならべると、ムジナ探偵《たんてい》は、紅茶《こうちゃ》をすすりながら、じっと一列《れつ》にならべた本《ほん》に見《み》いった。

「なにやってんの？」

源太《げんた》も机《つくえ》の上《うえ》の本《ほん》をのぞきこんでたずねる。

「さっき、アブがとまった本《ほん》だ」

「え？　アブが？　それが、どうかしたの？」
机《つくえ》にならぶ五冊《さつ》の本《ほん》は、大《おお》きさも、あつみも、ジャンルも、作者《さくしゃ》もさまざまである。
《書斎《しょさい》の死体《したい》　アガサ・クリスティ》
《怒《いか》りの葡萄《ぶどう》　ジョン・スタインベック》
《銀河鉄道《ぎんがてつどう》の夜《よる》　宮沢賢治《みやざわけんじ》》
《変身《へんしん》　カフカ》
《エジプト十字架《じゅうじか》の謎《なぞ》　エラリー・クイーン》
「なんだ？　これ」
源太《げんた》は、首《くび》をひねった。
「全然《ぜんぜん》、バラバラじゃん。これが、どうしたのさ」
「メッセージだよ」
ムジナ探偵《たんてい》は、本《ほん》から目《め》を上《あ》げずにいった。
「ええっ？　メッセージって、なんの？」
「あのアブは、おれたちに、なにかをつたえたがってるんだ。だからムジナ堂《どう》にあらわれ、きょうまた、この書斎《しょさい》の中《なか》にあらわれたんだ……という気《き》がする」

「うそ！」

源太《げんた》はゾッとして、またアブがいないかというように、書斎《しょさい》を見《み》まわした。しかし、しずまりかえったへやの中《なか》に、あの低《ひく》い羽音《はおと》はしない。源太《げんた》は息《いき》をつめたまま、机《つくえ》の上《うえ》に、もう一度《いちど》、目《め》をおとした。

「《書斎《しょさい》の死体《したい》》？　ねぇ、ひょっとして、おじいさんはだれかにころされたんじゃないの？　だって、あの子《こ》がさっき、前《まえ》の日《ひ》までピンピンしてたっていってたじゃない。それで、ころされたおじいさんのたましいがアブになって、おれたちにメッセージをおくろうとしてんだよ。……そういえば、このカフカの《変身《へんしん》》ってさ、人間《にんげん》が、ハエになるって話《はなし》じゃなかったっけ？」

「そりゃ、おまえ《ハエ男《おとこ》の恐怖《きょうふ》》だろ？　《変身《へんしん》》はハエじゃなくて毒虫《どくむし》になるんだよ」

「ま、どっちでも、にたようなもんだ。とにかく、ころされたおじいさんが、自分《じぶん》は死《し》んで虫《むし》になって、そのうらみを晴《は》らすために、メッセージをおくる……これだよ！　あとは、ええと《怒《いか》りの……》……これ、なんて読《よ》むんだ？」

「葡萄《ぶどう》」

「ぶどうって、あの果物《くだもの》のブドウ？」

源太《げんた》は一瞬《いっしゅん》ポカンとしてから、アッと大声《おおごえ》でさけんだ。

「わかった! ケーキだ! ケーキの上《うえ》にのっかってるフルーツの中《なか》のブドウに毒《どく》が入《はい》ってて、それで、おじいさんはころされたんだ。ね? そうだよ。それで、おじいさんは《怒《おこ》ってるぞ》っていうことなんじゃない?」

「だじゃれをいってるんじゃないよ。おまえ、ちょっと、ケーキとフルーツのことはわすれたらどうだ」

ムジナ探偵《たんてい》はため息《いき》まじりにいったが、推理《すいり》に熱中《ねっちゅう》する源太《げんた》の耳《みみ》には、そんな言葉《ことば》など聞《き》こえないらしかった。

「あとは、なんだ? 《銀河鉄道の夜《ぎんがてつどうのよる》》と《エジプト十字架の謎《じゅうじかのなぞ》》か。そうか! それで、おじいさんの死体《したい》を電車《でんしゃ》ではこんで、十字架《じゅうじか》のしるしの下《した》にうめたっていうのは、どう?」

「『どう?』だと? そんなワケないだろ。ちゃんと葬式《そうしき》も納骨《のうこつ》もすんでるんだぜ。死体《したい》がなくて葬式《そうしき》ができるか」

「いや。それが、ちがうんだな。さっき、あの子《こ》が『おじいちゃんは、どこにいるの?』って聞《き》いてたろ? 本当《ほんとう》は、死体《したい》はなかったんだよ。それを、あの子《こ》は、こっそり見《み》て知《し》ってたもんだから、おじいちゃんが、どこにいったのかふしぎに思《おも》ったんだね」

「おまえ、スゴイな」

ムジナ探偵《たんてい》が、しみじみといった。源太《げんた》は顔《かお》をかがやかせて、ムジナ探偵《たんてい》を見《み》た。

「そう？」

「ああ。スゴイ。よく、そこまでデタラメをかんがえつくもんだ」

「なんだよ。それ」

源太《げんた》はムッとして、口《くち》をとがらせた。

「ムジナさん、おれの方《ほう》がさえてるから、まけおしみいってんじゃないの？」

ムジナ探偵《たんてい》は、もうなにもいおうとしなかった。さめかけた紅茶《こうちゃ》をすすりながら、一心《いっしん》に、机《つくえ》の上《うえ》の本《ほん》をにらんでいる。

あの羽音《はおと》が聞《き》こえたのは、そのときだった。

「うひゃ。出《で》たあ！」

源太《げんた》が首《くび》をすくめた。

ムジナ探偵《たんてい》が目《め》を上《あ》げると、その視線《しせん》の先《さき》に、あのちいさなアブがとんでいた。

こんどこそ、アブが、このへやに入《はい》ってこられたはずはない。

あのとき、アブがとびだしていったガラス窓《まど》は、今《いま》も、ぴったりとざされている。書《しょ》斎《さい》のドアも、さっき女《おんな》の人《ひと》が出《で》ていってから今《いま》まで、だれの手《て》にもふれられてはいなかった。

アブは、ひとまわり宙《ちゅう》に輪《わ》をえがくと、まっしぐらに、五冊《さつ》の本《ほん》のならべられた机《つくえ》の方《ほう》へとんできた。

源太《げんた》は、あんぐりと口《くち》をあけたまま、石《いし》のようにうごかない。ムジナ探偵《たんてい》も、じっと、アブのうごきを見《み》まもっている。

かたずをのむ二人《ふたり》の目《め》の前《まえ》で、アブは、まず、一冊目《さつめ》の本《ほん》の表紙《ひょうし》にとまった。

アガサ・クリスティの《書斎《しょさい》の死体《したい》》。

つづいて、

エラリー・クイーンの《エジプト十字架《じゅうじか》の謎《なぞ》》。

そのつぎは、

スタインベックの《怒《いか》りの葡萄《ぶどう》》。

四番目《ばんめ》が、

宮沢賢治《みやざわけんじ》の《銀河鉄道《ぎんがてつどう》の夜《よる》》。

そして最後《さいご》に、
カフカの《変身《へんしん》》にとまると、そこからまた天井近《てんじょうちか》くへとびたって、グルグルとまわりはじめた。

「なんだ……。そんなことだったのか……」

ムジナ探偵《たんてい》がつぶやくのが聞《き》こえた。

ムジナ探偵《たんてい》の顔《かお》には、満足《まんぞく》げなわらいが広《ひろ》がっている。

「おい。ふみ台《だい》だ」

わけのわからぬまま源太《げんた》は、ムジナ探偵《たんてい》を手《て》つだって、書斎《しょさい》のすみにおいてあったふみ台《だい》を、机《つくえ》のうしろの書棚《しょだな》の前《まえ》へとはこんだ。

ムジナ探偵《たんてい》がかろやかに、ふみ台《だい》をのぼる。

「あったぞ！」

てっぺんにたどりついたムジナ探偵《たんてい》がさけんだ。

「あったって、なにが？」

源太《げんた》は、やきもきとふみ台《だい》の上《うえ》を見上《みあ》げた。

ムジナ探偵《たんてい》が、書棚《しょだな》と天井《てんじょう》のあいだのわずかなすきまに手《て》をさしこみ、なにかをひっぱりだすのが見《み》える。

「なに？　それ、本《ほん》？」

下《した》から見上《みあ》げていた源太《げんた》が、そうたずねたとき、頭《あたま》の上《うえ》をブンブンととびまわっていたアブが突然《とつぜん》、パタリとゆかにおちた。

「あ！　アブがおちた！」

源太《げんた》はいそいで、その落下地点《らっかちてん》にかけよったが、ちいさな虫《むし》の姿《すがた》は、若草色《わかくさいろ》のじゅうたんの上《うえ》のどこにも見《み》あたらなかった。もう、羽音《はおと》も聞《き》こえない。

「消《き》えた……」

つぶやく源太《げんた》のうしろでムジナ探偵《たんてい》の声《こえ》がした。

「目的《もくてき》をはたしたから、消《き》えちまったんだよ。こんどこそ、もう、出《で》てこないだろう」

「どういうこと？　ちゃんと説明《せつめい》してよ」

源太《げんた》はムジナ探偵《たんてい》の顔《かお》と、そのうでの中《なか》にかかえられた大判《おおばん》の本《ほん》とを見《み》くらべた。ムジナ探偵《たんてい》はニヤニヤわらっている。

「なにもむずかしくかんがえるこた、なかったんだ。話《はなし》はじつに単純《たんじゅん》だったんだよ」

「だから、どういうことだったんだよ？」

源太《げんた》が、イライラして質問《しつもん》する。

「いいか？　まずかんがえてみろ。もし、おまえが、口《くち》をきけなくなったら、どうやって、おれにメッセージをつたえる？」

源太《げんた》は、ふくれっつらになった。

「そんなのきまってんだろ。おれなら字《じ》で書《か》くよ。だけど、アブは……」

「アブは字《じ》を書《か》けない」

ムジナ探偵《たんてい》が源太《げんた》の言葉《ことば》をひき取《と》った。

「だから、アブは、字《じ》を書《か》くかわりに、この書斎《しょさい》にならんだ本《ほん》の中《なか》から字《じ》をひろって、おれにしめそうとしたんだ。本《ほん》の題名《だいめい》や内容《ないよう》は関係《かんけい》なかったんだよ。ただ、アブのとまった字《じ》だけを見《み》てればよかったのさ。さっき、机《つくえ》にならんだ本《ほん》の表紙《ひょうし》にアブがとまるのを見《み》てて、おれは気《き》がついた。《書斎《しょさい》の死体《したい》》の《書《しょ》》の字《じ》、《エジプト十字架《じゅうじか》》の《架《か》》の字《じ》。《書架《しょか》》だよ。本棚《ほんだな》のことだ。つぎが《怒《いか》りの葡萄《ぶどう》》の《の》。《銀河鉄道《ぎんがてつどう》》の《鉄《てつ》》。《変身《へんしん》》の《変《へん》》。つづけると《書架《しょか》の鉄変《てっへん》》……《書架《しょか》のてっぺん》になる。てっぺんは、あて字《じ》だがしかたない。ひらがなでひろおうとすると、四つも字《じ》をひろわないといけないからやっかいだ。とにかく、それで、おれには、アブのメッセージがわかったっていうわけだ。はたして、書架《しょか》のてっぺんをさがしてみると、この本《ほん》があった。そして、この本《ほん》を見《み》つけたとたん、アブは消《き》えた。……っていうことは、これが、アブのメッセージのことたえなんだ」

源太《げんた》は、しげしげと、本《ほん》をながめた。

「でも……その本《ほん》が、なんなの？　なんか秘密《ひみつ》がかくされてるわけ？」

ムジナ探偵《たんてい》は、繊細《せんさい》なペン画《が》に彩色《さいしき》のほどこされたしぶい本《ほん》の表紙《ひょうし》をそっとめくると、本《ほん》のあいだから一枚《まい》のカードをつまみだした。

《正一朗《しょういちろう》へ
お誕生日《たんじょうび》、おめでとう。
おじいちゃんより》

「あっ！　そうか。それ、あの子《こ》へのバースデープレゼントだったんだね？　ところが、プレゼントをわたす前《まえ》に、おじいちゃんはポックリ死《し》んじゃったのかあ……」

ムジナ探偵《たんてい》がうなずく。

「そう。これは《絵《え》のない絵本《えほん》》っていう、アンデルセンの名作《めいさく》だ。もっとも、小学校《しょうがっこう》の低学年《ていがくねん》むきじゃないがな。あの子《こ》には、ちょっとむずかしいだろうな」

「だけど、なんでつつんでないの？」

源太《げんた》が首《くび》をかしげる。

「そりゃ。わたす前《まえ》に包装《ほうそう》するつもりだったのが、その前《まえ》に、死《し》んじまったんだろ」

「でもさ、ふつう、本屋《ほんや》で買《か》ったときに、プレゼント用《よう》なら、つつんでもらってリボンをかけるんじゃない。なんで、わざわざ、自分《じぶん》でつつもうなんて思《おも》ったんだろうね」

ムジナ探偵《たんてい》は、源太《げんた》の言葉《ことば》にかたほうのまゆを上《あ》げた。そして、本《ほん》ののこりのページをパラパラとめくりだした。物語《ものがたり》の最後《さいご》のページにいきついたとき、ムジナ探偵《たんてい》の顔《かお》にふしぎなほほえみが広《ひろ》がった。

「なあるほどな。どうして、じいさんが、あとから本《ほん》をつつむ気《き》になったか、わかったぞ。源太《げんた》、おまえも、たまには、いいことをいうな」

「なに？　どういうこと？」

のぞきこもうとする源太《げんた》の目《め》の前《まえ》で、ムジナ探偵《たんてい》は、パタリと本《ほん》をとじた。そして、机《つくえ》の上《うえ》のインターホンに手《て》をのばしたのである。

「はい」

屋敷《やしき》のどこかでこたえる、あの女《おんな》の人《ひと》の声《こえ》がインターホンをつたわってながれだした。

「すみません。ちょっと、お目《め》にかけたいものがあるんですが、ぼっちゃんといっしょに書斎《しょさい》まできていただけませんか？」

「はあ……。正一朗《しょういちろう》もいっしょにですか？」

ためらうようにいってインターホンはきれた。やがて、パタパタとろうかを近《ちか》づいてくる足音《あしおと》が聞《き》こえたかと思《おも》うと、まっさきに、あのやんちゃぼうずが、とびらを開《ひら》いて、顔《かお》をのぞかせた。

うしろからつきそってきた母親《ははおや》が、けげんそうに、ムジナ探偵《たんてい》の方《ほう》にえしゃくをしながら、へやに入《はい》ってきた。

「あの……。なんでしょうか。なにか、ございましたんでしょうか？」

ムジナ探偵《たんてい》は、さっき、書棚《しょだな》の上《うえ》で見《み》つけた本《ほん》を、母親《ははおや》の方《ほう》にさしだしてみせた。

「本《ほん》を整理《せいり》していたら、こんなものが出《で》てきました」

そういいながら、ムジナ探偵《たんてい》は、本《ほん》のあいだにはさんであったバースデーカードを、そっと指《ゆび》でつまみ上《あ》げて母親《ははおや》の手《て》にわたす。

カードに目《め》をおとした母親《ははおや》の顔《かお》におどろきの表情《ひょうじょう》がうかんだ。

「まあ。では、これは、義父《ちち》が正一朗《しょういちろう》のために用意《ようい》しておいてくれた、お誕生日《たんじょうび》プレゼントなんですね？」

目《め》をギョロつかせて、おとなたちのやりとりを見《み》まもっていた正一朗《しょういちろう》の顔《かお》がパッとかがやいた。しかし、ムジナ探偵《たんてい》の手《て》の中《なか》にある本《ほん》を見《み》たとたん、男《おとこ》の子《こ》の顔《かお》に失望《しつぼう》の色《いろ》がうかぶのを源太《げんた》は見《み》のがさなかった。

「え？……でも。ぼくが、おじいちゃんにたのんだのは携帯型《けいたいがた》のゲーム機《き》だったんだよ」

「正一朗《しょういちろう》さん」

母親《ははおや》が、とんがった声《こえ》で、息子《むすこ》の名《な》をよんだ。

「ゲームはだめだって、パパもママもいってるでしょ？　目《め》を悪《わる》くしますよ」

「だけど……みんな、もってるんだよ。おじいちゃんは、こんどのお誕生日《たんじょうび》、買《か》ってくれるっていってたのに……」

正一朗《しょういちろう》の目《め》に、なみだがあふれそうになった。源太《げんた》は、胸《むね》がいたくなって、しかめっつらで母親《ははおや》をにらんだ。突然《とつぜん》、この家《いえ》の中《なか》でかがやいていたなにもかもが色《いろ》あせていく気《き》がした。

こんな広《ひろ》いきれいな家《いえ》にすんでいたって、いつもだれかに見《み》はられているのでは、ろうやと同《おな》じだ。洋酒《ようしゅ》のしみこんだ高《たか》いケーキより、たまに食《た》べる十字屋《じゅうじや》の百円《えん》ケーキの方《ほう》がいい。こんな金《かね》もちのくせに、ゲーム機《き》も買《か》ってもらえないなんて、なんてかわいそうなんだろう……。

「正一朗《しょういちろう》くん」

ムジナ探偵《たんてい》は、やさしくいいながら、アンデルセンの本《ほん》を、男《おとこ》の子《こ》の方《ほう》にさしだした。

「とにかく、これは、君《きみ》のおじいさんからの最後《さいご》のバースデープレゼントなんだからね。すこしむずかしいかもしれないが、ゆっくり読《よ》んでごらん。とくに、一番最後《いちばんさいご》の物語《ものがたり》は、きっと気《き》にいると思《おも》うよ。おしまいのところが、ものすごくおもしろいんだ」

男《おとこ》の子《こ》は、あきらめたように、しょんぼりと、本《ほん》をうけ取《と》った。

「すてきなプレゼントじゃないの」

かちほこったように母親《ははおや》がいった。源太《げんた》は、母親《ははおや》の足《あし》をけとばしたい気《き》もちをじっとおさえてだまっていた。

「ひっでえかあちゃんだなあ」

二人《ふたり》が書斎《しょさい》から出《で》ていったとたん、源太《げんた》はうなるようにいった。

「おれのかあちゃんなんか、おれのことは《源太《げんた》》ってよびすてだし、おこると頭《あたま》をしばくし、がにまたで歩《ある》くけど、あんなわからんチンじゃないぞ」

「そりゃあ、よかったな」

ムジナ探偵《たんてい》がそっけなくいった。

「よかったな……ってムジナさん、あの子《こ》がかわいそうじゃないの？　かわいがってくれてたおじいさんが死《し》んじまって、これからはずうっと、あんなわからんチンの中《なか》でくらしてくんだぜ」

「いいか、源太《げんた》。おれたちは、サンタクロースじゃない。あの子《こ》にしあわせをはこんできたんじゃないんだ。おれたちは、きょう、ここに、仕事《しごと》にきてるんだぞ。わかったら、さっさとはたらけ」

そういうなり、ムジナ探偵《たんてい》はもくもくと仕事《しごと》に取《と》りかかった。

コレクターに仲介《ちゅうかい》する高額《こうがく》な本《ほん》と、寄贈《きぞう》むけの全集《ぜんしゅう》や学術書《がくじゅつしょ》と、それからムジナ堂《どう》の店《みせ》においておくための手《て》がるなミステリーや娯楽小説《ごらくしょうせつ》を分類《ぶんるい》して、ムジナ探偵《たんてい》はテキパキと本《ほん》のリストをつくっていく。書斎《しょさい》の本《ほん》は、じつによく整理《せいり》されていたので、仕事《しごと》は思《おも》いのほかはかどり、その日《ひ》の夕方《ゆうがた》には、おおかたの本《ほん》の処分《しょぶん》がきまっていた。源太《げんた》は、ムジナ堂《どう》にはこぶ本《ほん》を、ダンボール箱《ばこ》につめ、それをせっせとおもてのバンまではこんだ。

最後《さいご》の巨大《きょだい》なダンボール箱《ばこ》を、源太《げんた》とムジナ探偵《たんてい》が二人《ふたり》がかりで車《くるま》まではこんでいるとき、芝生《しばふ》の庭《にわ》の桜《さくら》の木《き》の下《した》に、チラリと男《おとこ》の子《こ》の姿《すがた》が見《み》えた。

「あれ？　あの子《こ》だ。なにやってんだろ？」

源太《げんた》は、足《あし》をとめて庭《にわ》のかなたを見《み》やった。男《おとこ》の子《こ》は、庭《にわ》の西《にし》のはずれにこずえを広《ひろ》げる、ひときわ大《おお》きな桜《さくら》の木《き》に、よじのぼろうとしていた。

ムジナ探偵《たんてい》も、足《あし》をとめた。

「どうやら、見《み》つけたな」

「え？　なにを？」

「おじいさんからのメッセージだよ」

「メッセージって、それ、さっきのアブのメッセージのことじゃないの？」

バンのうしろに、ダンボール箱《ばこ》をつめこみ、いきおいよくドアをしめると、ムジナ探偵《たんてい》は、口《くち》をひらいた。

「さっき、おまえ、なんで、じいさんは、本《ほん》をあとでつつむなんて、めんどうなことをするんだろ、って聞《き》いたろ？　あれはな、本《ほん》に細工《さいく》をするためだったんだよ。おまえにいわれて、しらべてみたら、あの本《ほん》の最後《さいご》のページに手《て》がくわえてあった。《絵《え》のない絵本《えほん》》の一番最後《いちばんさいご》はな、《主《しゅ》の祈《いの》り》をとなえたちいさな女《おんな》の子《こ》に、おかあさんが質問《しつもん》するところでおわるんだ。『ねぇ、あんたは〈わたしたちに日々《ひび》のパンをおあたえ下《くだ》さい！〉のあとに、なんていったの？』て母親《ははおや》が聞《き》く。すると女《おんな》の子《こ》は『おこらないでね、おかあさん！〈それに、バターもいっぱいつけて下《くだ》さい〉っていったのよ』ってこたえるんだよ。ところが、その最後《さいご》のところに、ワープロでうったべつの文章《ぶんしょう》がはりつけてあった。『おこらないでね、おかあさん！〈ぼくに、ゲームをおあたえ下《くだ》さい〉っていったんだよ』になっていた。そして、そのまたあとに、『すると、おじいさんがいいました。〈おまえが本当《ほんとう》にほしいプレゼントは、大桜《おおざくら》の木《き》のあなの中《なか》にあるよ〉』という一文《いちぶん》が、くわえてあったんだ」

ムジナ探偵《たんてい》は、ゆかいそうに、源太《げんた》を見下《みお》ろした。

「つまり、それが、おじいさんから正一朗君《しょういちろうくん》への本当《ほんとう》のメッセージだったんだ。見《み》ろよ、あの子《こ》は、ちゃんと、本物《ほんもの》のプレゼントを手《て》にいれたぞ」

源太《げんた》は、もう一度《いちど》、庭《にわ》のはずれの桜《さくら》の木《き》をながめた。夕《ゆう》ぐれのすんだ光《ひかり》の中《なか》で、桜《さくら》のこずえがしずかにゆれている。男《おとこ》の子《こ》は今《いま》、その太《ふと》い幹《みき》から、身《み》がるに、とびおりようとしているところだった。ちいさな体《からだ》が、ポンとはずんで芝生《しばふ》の上《うえ》におり立《た》つと、男《おとこ》の子《こ》が、おどるように、桜《さくら》の木《き》の下《した》をかけまわるのが見《み》えた。その高《たか》くさし上《あ》げた手《て》の中《なか》には、たしかになにかがにぎられている。

ムジナ探偵《たんてい》がしずかにいった。

「ああでもしなきゃ、母親《ははおや》がゲーム機《き》を取《と》り上《あ》げちまうだろうからな。だからじいさんは、プレゼントに本《ほん》をやると見《み》せかけて、その本《ほん》の中《なか》に秘密《ひみつ》のメッセージをかくしておいたんだな。そして、そのプレゼントを、どうしても、孫《まご》にわたしたかったんだよ。なにせ、約束《やくそく》の最後《さいご》のプレゼントだもんな」

源太《げんた》は、大《おお》きく息《いき》をすいこんで、あたりにみちる夕《ゆう》ぐれの気配《けはい》をあじわった。

「あのプレゼント、かあちゃんに、見《み》つかんないといいね」

「ま、見《み》つかっても、まさか、取《と》り上《あ》げられはしないだろ。じいさんが死《し》ぬ前《まえ》に孫《まご》にのこした最後《さいご》のプレゼントだぜ。そんなことしたら、こんどは、あのじいさん、化《ば》けて出《で》るぞ」

男《おとこ》の子《こ》が庭《にわ》を横《よこ》ぎって、屋敷《やしき》の方《ほう》へかけてきた。その顔《かお》は、明《あか》るいよろこびにかがやき、ズボンのポケットは、はちきれんばかりにふくらんでいる。

ムジナ探偵《たんてい》は、ふくらんだポケットに、チラリと目《め》をやると、ニヤリとわらって、男《おとこ》の子《こ》にこっそり話《はな》しかけた。

「さっき、おじいさんはどこにいるのかって聞《き》いただろ？　おじいさんは、君《きみ》のすぐ近《ちか》くにいるよ。君《きみ》がわすれなければ、おじいさんが君《きみ》のそばからはなれることはない。わかったね？」

男《おとこ》の子《こ》は、一瞬《いっしゅん》キョトンとしたが、すぐに、ポケットの中味《なかみ》を、ズボンの上《うえ》からぎゅっとにぎりしめ、大《おお》きく一回《かい》うなずいた。

屋敷《やしき》の中《なか》へかけこんでいく男《おとこ》の子《こ》のうしろ姿《すがた》を見《み》おくって、ムジナ探偵《たんてい》がつぶやいた。

「さて、帰《かえ》るか……」

玄関《げんかん》のわきに植《う》わったコデマリのしげみの中《なか》を、ちいさなアブたちがしきりにとびまわっている。夕《ゆう》ぐれの風《かぜ》が、コデマリのしげみをゆらし、ねむたくなるような、アブたちの羽音《はおと》を、源太《げんた》の耳《みみ》もとにはこんだ。

源太《げんた》は、大《おお》きく深呼吸《しんこきゅう》をすると、きっぱりとした口調《くちょう》でムジナ探偵《たんてい》にいった。

「おれは、歩《ある》いて帰《かえ》る」

「なんでだ？」ムジナ探偵《たんてい》が、けげんそうにたずねる。

源太《げんた》は「命《いのち》がけのドライブは、ごめんだからね」とこたえるかわりに、ただ、バイバイと手《て》をふって、屋敷《やしき》の門《もん》の方《ほう》へ歩《ある》きだした。

「バイト料《りょう》は、あした、もらいにいくよ。もし、ムジナさんがぶじだったらだけどね」

「え？　なんだって？」

源太《げんた》はわらいながら走《はし》りだした。

ふりあおぐと、竹林《たけばやし》に一本《ぽん》ポツンとたたずむ桜《さくら》の古木《こぼく》が、つぼみをいっぱいにつけた枝《えだ》を、ぼんやりとくれはじめた夕空《ゆうぞら》に、かざしているのが見《み》えた。

学校《がっこう》の事件《じけん》

梅雨《つゆ》が近《ちか》づいていた。空気《くうき》はおもたく、空《そら》に雲《くも》のたれこめる日《ひ》がおおい。

このころになると、源太《げんた》は毎日《まいにち》、学校《がっこう》の中庭《なかにわ》をのぞきにいくのが日課《にっか》だった。校舎《こうしゃ》にかこまれたせまい庭《にわ》のかたすみには、水《みず》たまりのようなちいさな池《いけ》があって、この季節《きせつ》、その池《いけ》の中《なか》では、たくさんのオタマジャクシがたまごからかえる。一年生《ねんせい》の春《はる》、池《いけ》の中《なか》でうごめく、オタマジャクシをはじめて発見《はっけん》したとき、源太《げんた》は、うれしくて、授業開始《じゅぎょうかいし》のチャイムがなるのも気《き》づかなかった。それは、見《み》たこともないほどちいさなオタマジャクシだった。まめつぶのような黒《くろ》い体《からだ》にチョロリとみじかいシッポがはえていて、源太《げんた》には最初《さいしょ》、それが本当《ほんとう》にオタマジャクシだとは信《しん》じられなかったほどだ。しかし、毎日《まいにち》ながめていると、そのちいさな体《からだ》からやがて、虫《むし》メガネで見《み》ないと見《み》えないぐらいのちいさなちいさなうしろ足《あし》がはえだし、つぎに前足《まえあし》が出《で》てきて、とうとうまめつぶのようなオタマジャクシは、まめつぶのようなカエルに変身《へんしん》したのである。

それから毎年春《まいとしはる》になると、源太《げんた》はかならずオタマジャクシ見物《けんぶつ》をわすれなかった。バケツにつかまえて帰《かえ》って、家《いえ》の水《すい》そうでカエルになるまでそだて、近《ちか》くのため池《いけ》にはなしてやったこともある。

今年源太《ことしげんた》は五年生《ねんせい》になったので、さすがにオタマジャクシとりをしようとは思《おも》わなかったが、それでもやっぱり、あのちいさなちいさないきものがすこしずつ姿《すがた》をかえ変身《へんしん》していくふしぎに心《こころ》ひかれずにはいられなかった。

その日《ひ》も給食《きゅうしょく》を一番《いちばん》に食《た》べおえた源太《げんた》は、一人《ひとり》で、まだだれもいない中庭《なかにわ》にオタマジャクシを見《み》にいった。池《いけ》の中《なか》にしげるショウブをそっとかきわけると、あさい池《いけ》の水面《みなも》がさわいで、数《かぞ》えきれないほどのちいさな黒《くろ》いかげが、あたふたとおよぎまわるのが見《み》える……はずなのだが、どういうわけか、その日《ひ》、池《いけ》の中《なか》はしずまりかえっていた。

「おかしいな。どっかに、かくれてんのかな？」

源太《げんた》は一人《ひとり》つぶやいて、熱心《ねっしん》に池《いけ》の中《なか》をのぞきこんだ。

だれかがうしろに立《た》っていることに気《き》づいたのは、そのときだった。ふりかえると、ちいさな男《おとこ》の子《こ》が一人《ひとり》、黒《くろ》ぐろとした目《め》で、じっと源太《げんた》を見《み》つめてつっ立《た》っていた。

源太《げんた》は、オタマジャクシなんぞに夢中《むちゅう》になっているところを見《み》られたのが気《き》はずかしいものだから、けんかごしで口《くち》をひらいた。

「なんだよ」

男《おとこ》の子《こ》は、あいかわらず、じいっと源太《げんた》を見《み》ているだけでうごかない。

源太《げんた》も、ジロジロとあいてを見《み》かえした。

何年生《なんねんせい》だろう？　名札《なふだ》はついていない。黒《くろ》いティーシャツに、グレーの半《はん》ズボン。一年《ねん》生《せい》か二年生《ねんせい》。いや、もっとちいさい子《こ》のようにも見《み》える。どこか近所《きんじょ》の子《こ》が、学校《がっこう》にあそびにきていて、中庭《なかにわ》にまよいこんだのかもしれない……と源太《げんた》は思《おも》った。

突然《とつぜん》、男《おとこ》の子《こ》がボソボソとつぶやいた。

「ぜったい、じゃまするなって、つたえて」

「へ？」

源太《げんた》は聞《き》きかえした。

「じゃましちゃだめだよ。そうでなきゃ、あいつに、みんな、くわれちゃうんだ」

「なんだって？　なんのことだ？」

源太《げんた》は、ポカンとした。わけのわからないことをいうその子《こ》が、すこしうす気味悪《きみわる》かった。

しめった、なまあたたかい風《かぜ》がふくらんで、中庭《なかにわ》のおくのフェンスの下《した》にしげる草《くさ》むらをザワリとゆらした。男《おとこ》の子《こ》が、ビクリとしたように、源太《げんた》を見《み》ていた目《め》を、すばやく草《くさ》むらの方《ほう》にむける。源太《げんた》も、つられて、そっちをながめた。

「時間《じかん》が、ないんだ。もう、時間《じかん》がない……」

そういった、その子《こ》の顔《かお》は、今《いま》にもなきだしそうだった。

「なにいってんだ？　マンガかなんかの話《はなし》？　おまえ、小学生《しょうがくせい》？」

源太《げんた》の質問《しつもん》をふりきるように、男《おとこ》の子《こ》は走《はし》りだした。池《いけ》をまわりこむようにかけていく男《おとこ》の子《こ》の姿《すがた》は、突然《とつぜん》、大《おお》きなアジサイのしげみの中《なか》にのみこまれて消《き》えた。

「あれ？　どこいったんだ？」

源太《げんた》は、ぼんやりとアジサイのしげみに近《ちか》づき、のぞきこんでみたが、男《おとこ》の子《こ》の姿《すがた》は、もうどこにもない。

「うっそお……」

源太《げんた》は、目《め》をこすった。

なにかの見《み》まちがいかもしれない。きっと、なにかのはずみで、あの子《こ》の姿《すがた》を見《み》うしなってしまっただけなんだ……と、源太《げんた》は思《おも》いこもうとした。

中庭《なかにわ》のとちゅうに校舎《こうしゃ》と体育館《たいいくかん》をつなぐわたりろうかが横《よこ》ぎっている。源太《げんた》はこんどは、わたりろうかの方《ほう》へ歩《ある》いていった。ろうかは、ひんやりとかげってしずまっている。体育館《たいいくかん》に通《つう》じる通用口《つうようぐち》のあたりにも、校舎《こうしゃ》への入《い》り口付近《ぐちふきん》にも、やっぱり人《ひと》かげはなかった。

ポツリと、大粒《おおつぶ》の雨《あめ》が、空《そら》からおちかかってきた。

源太《げんた》は、せすじがつめたくなって、ブルリと身《み》ぶるいをした。校舎《こうしゃ》に入《はい》ろうとして、もう一度《いちど》中庭《なかにわ》をふりかえってみる。

校舎《こうしゃ》の上《うえ》の四角《しかく》い空《そら》から、大粒《おおつぶ》の雨《あめ》が、どんどんおちてくる。池《いけ》のショウブと、ろうかのそばの白《しろ》いアジサイの花《はな》が、まるでないしょ話《ばなし》でもするように、雨《あめ》の中《なか》でゆれるのが見《み》えた。

午後《ごご》からの授業《じゅぎょう》のあいだも、源太《げんた》は、中庭《なかにわ》での一件《いっけん》が気《き》にかかってしょうがなかった。

あの子《こ》がいったい何者《なにもの》だったのか。あの子《こ》のいった言葉《ことば》は、どういう意味《いみ》なのか。どこからあらわれ、どこに消《き》えてしまったのか。なにもかもがなぞだらけだった。

その日《ひ》は部活《ぶかつ》の日《ひ》だったが、いつもは熱中《ねっちゅう》できるサッカーにさえ、身《み》が入《はい》らない。パスは失敗《しっぱい》する、シュートはきまらない、まるでさえない部活《ぶかつ》をおえて、源太《げんた》は学校《がっこう》をあとにした。

「やっぱり、ムジナさんに相談《そうだん》するっきゃないな」

源太《げんた》の足《あし》は、いつのまにか、家《いえ》の前《まえ》をす通《どお》りして、まっすぐ、へんてこ横丁《よこちょう》のつきあたりにあるムジナ堂《どう》をめざしていた。

雨《あめ》は上《あ》がっていたが、むしむしと息苦《いきぐる》しい夕《ゆう》ぐれである。ムジナ堂《どう》の古《ふる》びたガラス戸《ど》は、あけはなたれ、路地《ろじ》のとちゅうから、店《みせ》の中《なか》が見《み》えた。

「あれ？」

源太《げんた》は、ギクリとして足《あし》をとめた。だれか先客《せんきゃく》が、店《みせ》の中《なか》にいる。それも、帳場《ちょうば》の前《まえ》の丸《まる》いすに腰《こし》を下《お》ろし、ムジナ探偵《たんてい》と話《はな》しこんでいるようだ。そのうしろ姿《すがた》には、どこか見《み》おぼえがあった。やせて、小《こ》がらな男《おとこ》の人《ひと》である。紺色《こんいろ》のポロシャツの右《みぎ》かたをわずかに上《あ》げて、その人《ひと》は帳場《ちょうば》の方《ほう》に、大《おお》きく身《み》をのりだしていた。

「小林先生《こばやしせんせい》……」

源太《げんた》のクラス担任《たんにん》の先生《せんせい》に、ちがいなかった。

「なんで、先生《せんせい》が、こんなとこにいるんだ？」

つぶやきながら、源太《げんた》は、思《おも》わず、横丁《よこちょう》の家《いえ》の軒下《のきした》に、はりつくように身《み》をかくしていた。そのとたん、先生《せんせい》が、まるで源太《げんた》の気配《けはい》をさっしたかのようにふりかえった。源太《げんた》はヒヤリとして、いよいよ、ピタリと板《いた》べいのかげに身《み》をよせる。先生《せんせい》は、店《みせ》の中《なか》から、路地《ろじ》に目《め》をくばると、わざわざ立《た》ち上《あ》がって、ガラス戸《ど》をガタピシとどざした。

「本《ほん》を買《か》いにきたっていうかんじじゃないよな。なんだか、秘密《ひみつ》の相談《そうだん》っていう雰囲気《ふんいき》だぞ」

そう思《おも》うと、源太《げんた》は、どうしても、先生《せんせい》のないしょ話《ばなし》を聞《き》きたくなった。ガラス戸《ど》がしまったおかげで、かえって、こっちの姿《すがた》も見《み》えづらい。

源太《げんた》は忍者《にんじゃ》のように、かべにはりついたまま、スルスルとムジナ堂《どう》の近《ちか》くまでしのびよると、店《みせ》ととなりの家《いえ》のへいのあいだにあいた、猫《ねこ》の通《とお》り道《みち》のようなせまいすきまにもぐりこんだ。

ムジナ堂《どう》の店《みせ》の横手《よこて》のかべには一か所《しょ》、板《いた》と板《いた》とのあいだにすきまがあいていて、そのわれ目《め》が、この猫《ねこ》の通《とお》り道《みち》に通《つう》じていることも、源太《げんた》は万事承知《ばんじしょうち》していた。

つかえそうになるランドセルをとちゅうでそっとせなかからおろして、源太《げんた》は、板《いた》かべのわれ目《め》に近《ちか》づくと、そのほそ長《なが》い穴《あな》に、かた目《め》をおしあてた。本棚《ほんだな》がじゃまをして、帳場《ちょうば》が見《み》えない。耳《みみ》をあてがうと、こんどは、おどろくほどすぐそばで、小林先生《こばやしせんせい》の声《こえ》がした。

「このことは、まだ、校長《こうちょう》と、教職員《きょうしょくいん》しか知《し》りません」

「なるほど」

ムジナ探偵《たんてい》の低《ひく》くやわらかな声《こえ》が相《あい》づちをうつ。また、小林先生《こばやしせんせい》がしゃべりだした。

「校長《こうちょう》のいうとおり、盗難《とうなん》といっても、被害額《ひがいがく》はぜんぜん、たいしたことはないんです。ただ、どうして包丁《ほうちょう》や針《はり》やタバコなんかを、わざわざぬすむのか……。それも、一度《いちど》ならず二度《ど》までもですからね。おまけに、ぬすんだものは、二回《かい》とも、そっくりそのまま、中庭《なかにわ》にすててあったんですよ。どうかんがえても、おかしいじゃないですか。あんなところに、まとめてすててなければ、そもそも、針《はり》とタバコに関《かん》しては、ぬすまれたことさえ気《き》がつかなかったかもしれないんです。

包丁《ほうちょう》がなくなっていることに気《き》づいたのは、おとといの朝《あさ》だったんですが、きのうになって、草《くさ》むしりをしていた校務員《こうむいん》が、『なくなった包丁《ほうちょう》らしいのが、ある』っていうもので、かけつけてみたら、いっしょに針《はり》とタバコもひとまとめにすててありました。それからしらべたら、家庭科室《かていかしつ》の裁縫道具箱《さいほうどうぐばこ》の中《なか》の針《はり》と、五年生《ねんせい》の先生《せんせい》のタバコが、職員室《しょくいんしつ》の机《つくえ》の引《ひ》き出《だ》しの中《なか》から、なくなっているらしい……ということがわかりましてね。それで、包丁《ほうちょう》を、もとにもどしたとたん、また、きのうの夜《よる》のうらに同《おな》じ物《もの》がぬすまれたんです……」

「タバコは、どうやってすててありました？　箱《はこ》ごとですか？」

ムジナ探偵《たんてい》の声《こえ》がたずねた。

「いえ、バラですててありましたね。箱《はこ》は、ありませんでした。一本一本《ぽんぽん》のタバコが、こう、ふみつけられたみたいに、グチャグチャになっていました。正直《しょうじき》いって、ぼくたちも、二回目《かいめ》の盗難《とうなん》までは、半信半疑《はんしんはんぎ》というか、ことをあまり深刻《しんこく》にはかんがえてなかったんですよ。まあ、包丁《ほうちょう》がなくなったというのは、ぶっそうですから、みな、不安《ふあん》には思《おも》いましたが、翌日《よくじつ》にはすぐ、すててあるのが見《み》つかって『よかった、よかった……』というかんじでしたね。なにかのまちがいというのか、悪《わる》いじょうだん程度《ていど》にしかかんがえてなかったんですよ。警察《けいさつ》にしらせるまでもないだろう……ということで、とにかく戸《と》じまりに気《き》をつけて、それ以上《いじょう》さわぎたてずにおこう……というのがおおかたの意見《いけん》でした。

それだけに、またきょう、同《おな》じ物《もの》がなくなっていたときには、みんな心底《しんそこ》、おどろきましたね。戸《と》じまりは、キチンとしてありましたし、けさ確認《かくにん》したときにも、かぎはみんな前《まえ》の日《ひ》どおり、ちゃんとしまったままだったんですから。それなのに、物《もの》がなくなってる。その上《うえ》、ごていねいにも、なくなったものがソックリそのまま、また、前《まえ》のときと同《おな》じように中庭《なかにわ》にすててあるなんてねぇ。……そうなると、もう、ただのじょうだんとも思《おも》えんでしょう。なにか目的《もくてき》があって、だれかが、こんなことをしているんだとしかかんがえられないじゃないですか」

「それは、もちろん、そうでしょうね」

ムジナ探偵《たんてい》の落《お》ち着《つ》いた声《こえ》が聞《き》こえる。小林先生《こばやしせんせい》は、さらに話《はな》しつづけた。

「今回《こんかい》、職員室《しょくいんしつ》の意見《いけん》はふたつにわかれています。なにかがおこってからではおそいから、警察《けいさつ》に連絡《れんらく》していちおうの捜査《そうさ》をしてもらうべきだ……という意見《いけん》と、被害《ひがい》そのものはたいしたことがないし、なくなった物《もの》もすぐ出《で》てきているのだから、ことをあら立《だ》てずにもうしばらくようすを見《み》よう……という意見《いけん》です」

小林先生《こばやしせんせい》の声《こえ》がとぎれ、ズルズルとお茶《ちゃ》をすする音《おと》が聞《き》こえた。

「……おわかりいただけると思《おも》うんですが、これは、たいへんデリケートな事件《じけん》なんです。かぎをかけた校内《こうない》から、物《もの》がなくなったとなると、つまり……」

「学校《がっこう》の関係者《かんけいしゃ》の中《なか》に、犯人《はんにん》がいるかもしれないということですね?」

ムジナ探偵《たんてい》が、しずかに言葉《ことば》をひき取《と》った。

「ええ……まあ……そういうことです」

小林先生《こばやしせんせい》が、しゃべりづらそうに、また口《くち》をひらく。

「そうなると、もし、犯人《はんにん》がわかった場合《ばあい》にも、そのあとの対処《たいしょ》をどうするかということもあって……。それで結局《けっきょく》、警察《けいさつ》へ連絡《れんらく》するのは、まだ早《はや》かろうと……。まずは、内部《ないぶ》で十分調査《じゅうぶんちょうさ》をしてからでもおそくはないだろうということになったんです。ぼくは、先生《せんせい》たちでチームをくんで、今夜《こんや》からしばらく、交代《こうたい》で宿直《しゅくちょく》してはどうか……といったんですが、この意見《いけん》は、校長《こうちょう》に反対《はんたい》されました。万《まん》が一《いち》、先生《せんせい》たちの身《み》になにかあったら、どうする……というワケです」

小林先生《こばやしせんせい》の声《こえ》は、すこしにがにがしげだった。

「そのとき、ふと思《おも》いだしたのが、あなたのことでした。ムジナさんのことは、じつは以《い》前《ぜん》から、源太《げんた》くんに聞《き》いていまして……」

源太《げんた》は、いきなり自分《じぶん》の名前《なまえ》が出《で》てきたものだから、あわてて、のけぞったひょうしに、となりの板《いた》べいにいやというほど、頭《あたま》をぶっつけた。ゴンとにぶい音《おと》がひびく。気《き》づかれただろうか……とおそるおそる、また耳《みみ》をあなにおしあててみたが、小林先生《こばやしせんせい》はあいかわらず何事《なにごと》もなかったようにしゃべりつづけている。どうやら、話《はなし》に熱中《ねっちゅう》するあまり、物音《ものおと》にも気《き》づかなかったようだ。源太《げんた》は、ホッとため息《いき》をもらした。

「探偵《たんてい》さんなら、こういった調査《ちょうさ》も内密《ないみつ》におねがいできるでしょうし、ぼくたちしろうとがへたにうごきまわるより、確実《かくじつ》に真相《しんそう》をつきとめていただけるのではないかと……。いや、かってなことをいってもうしわけありません。しかし、きょう、こうしておねがいにあがったのは、そういうわけなんです。ムジナさんのことを話《はな》しましたら、校長《こうちょう》も、もし、内密《ないみつ》におねがいできるのなら……といってるんですが、どんなものでしょう？」

小林先生《こばやしせんせい》は、いつもは、いせいのいいおじちゃんだった。源太《げんた》のことも、大声《おおごえ》でどなりつけるし、気《き》はいいが、ちょっと、いばりくさったところがある。その先生《せんせい》が、ムジナ探《たん》偵《てい》に、オドオドと調査依頼《ちょうさいらい》をしているのが、源太《げんた》は、なんとなくおかしく、おもしろかった。

（ムジナさん、なんていうかな？）

板《いた》かべのむこうにながれる沈黙《ちんもく》に、源太《げんた》は息《いき》をつめて耳《みみ》をすました。

「ふたつ質問《しつもん》させて下《くだ》さい」

ムジナ探偵《たんてい》の声《こえ》がした。

「ひとつ目《め》は、まず正確《せいかく》に、ぼくはなにをすればいいのか……ということです。真相《しんそう》をつきとめればいいのか、あるいは、犯人《はんにん》をつかまえるのか。それとも、再発《さいはつ》を防止《ぼうし》することが目的《もくてき》なのか。なにをおのぞみですか？」

小林先生《こばやしせんせい》は、しどろもどろにかんがえこむようだった。

「ええ……それは、つまり、もちろん、一番《いちばん》の目的《もくてき》は、もう二度《にど》と、こんなことがおこらないようにすることなのですが……そのためには、ぜひ真相《しんそう》を、つきとめていただいて、そのうえで犯人《はんにん》がわかれば……それは、もちろん、そのあとの対処《たいしょ》は、学校《がっこう》がわで……」

ムジナ探偵《たんてい》のしずかな声《こえ》がきりこむように念《ねん》をおした。

「わかりました。では、犯人《はんにん》は、つかまえなくていいということですね？」

「そうです」

「二度《にど》と同《おな》じことがおこらないようにする。……それを、だいいちの目的《もくてき》とかんがえてよろしいですね？」

「そうです」

二回目《かいめ》の《そうです》は、やや、自信《じしん》がなさそうだった。

「わかりました」

ムジナ探偵《たんてい》がいった。

「では、ご依頼《いらい》の件《けん》は、おひきうけしましょう。ふたつ目《め》の質問《しつもん》をさせて下《くだ》さい。おたくの学校《がっこう》の職員室《しょくいんしつ》の中《なか》に、水道《すいどう》はありますか？」

「水道《すいどう》……？」

小林先生《こばやしせんせい》のかんがえこむ気配《けはい》がする。

「ああ……ありますよ。職員室《しょくいんしつ》の、窓《まど》ぎわのすみっこに、ちいさな手洗《てあら》い用《よう》の水道《すいどう》があります。でも、それが、なにか？」

「いえ。ただ、ちょっとうかがっただけです」

ムジナ探偵《たんてい》と小林先生《こばやしせんせい》は、そのあと、捜査《そうさ》のかんたんなうちあわせにうつった。その日《ひ》の夜《よる》、ムジナ探偵《たんてい》が、学校《がっこう》に見《み》はりに出《で》かけると知《し》ったとき、源太《げんた》の心《こころ》はきまっていた。こんな、ワクワクするようなチャンスを見《み》のがす手《て》はない。当然《とうぜん》、参加《さんか》させてもらうのだ。しかし、夜《よる》のはりこみに「つれていって」といって、ムジナ探偵《たんてい》が素直《すなお》にオーケーしてくれるとは思《おも》えなかった。と、なれば方法《ほうほう》はひとつ。だまって、学校《がっこう》にのりこむしかない。

源太《げんた》はそう決心《けっしん》すると、小林先生《こばやしせんせい》とはちあわせしないように、一足早《ひとあしはや》く猫《ねこ》の通《とお》り道《みち》から退散《たいさん》することにきめた。せまいすきまを、ソロソロとあとずさり、足《あし》もとにおいてあったランドセルをかかえあげると、また、横丁《よこちょう》の軒下《のきした》づたいに、忍者《にんじゃ》のかまえで、源太《げんた》はムジナ堂《どう》から遠《とお》ざかっていった。

「あ……」

そのとちゅう、源太《げんた》は一瞬足《いっしゅんあし》をとめた。

「あのへんてこな男《おとこ》の子《こ》のこと……」

ためらうようにふりかえると、ムジナ堂《どう》のガラス戸《ど》ごしに人《ひと》のうごく気配《けはい》がした。どうやら、小林先生《こばやしせんせい》のお帰《かえ》りのようだ。

「ま、いいか。こっちの事件《じけん》がかたづいてから、ゆっくり、相談《そうだん》しよう」

雲《くも》がながれ、そのきれまから、夕《ゆう》ぐれの赤《あか》い陽《ひ》ざしが横丁《よこちょう》をてらした。雨上《あめあ》がりの路地《ろじ》がかがやき、家《いえ》いえの軒下《のきした》にならべられた鉢植《はちう》えの植木《うえき》がイキイキと深呼吸《しんこきゅう》をするようだ。今夜《こんや》は、月夜《つきよ》になりそうだ……と源太《げんた》は思《おも》った。

その夜《よる》、家族《かぞく》がねむりこむのをたしかめて、源太《げんた》はこっそり家《いえ》を出《で》た。思《おも》ったとおり、おもては、青白《あおじろ》い十三夜《じゅうさんや》の月夜《つきよ》である。時刻《じこく》は、十一時《じ》をすこしまわっていた。

さすがに、深夜《しんや》の学校《がっこう》はうす気味悪《きみわる》かった。ガランとした校庭《こうてい》も、ものいわぬ校舎《こうしゃ》も、なにもかもが海《うみ》の底《そこ》にしずんだようにシンとして、あかりひとつ見《み》えない。

裏門《うらもん》のわきのフェンスにあいたやぶれ目《め》にもぐりこみながら、源太《げんた》は、ちょっと不安《ふあん》になった。ムジナ探偵《たんてい》は、本当《ほんとう》にこの夜《よる》の学校《がっこう》のどこかにいるのだろうか。ひょっとして、見《み》はりをきり上《あ》げ、もう帰《かえ》ってしまったということはないだろうか。こんな時間《じかん》にノコノコ学校《がっこう》へやってきて、ムジナ探偵《たんてい》にあえなかったら、おわらいぐさである。

「ムジナさん、どこにいるんだろうなあ……」

源太《げんた》は、まっくらな校舎《こうしゃ》を見上《みあ》げながら、げた箱《ばこ》のある昇降口《しょうこうぐち》まで歩《ある》いていった。当《とう》然《ぜん》のことながら昇降口《しょうこうぐち》のとびらにはすべてかぎがかかっていた。また、源太《げんた》の心《こころ》は、くじけそうになる。

「ちえっ。目《め》じるしにあかりぐらいつけといてくれりゃいいのに……」

このまま帰《かえ》ろうかとも思《おも》ったが、それではあまりにもなさけないので、とにかく校舎《こうしゃ》のまわりをひとまわりしてみることにした。

あたりにキョロキョロと目《め》をくばりながら、源太《げんた》は校舎《こうしゃ》のかべにそって歩《ある》いていった。まるで、きもだめしのようだ。オバケの出《で》そうなまっくらな学校《がっこう》。しかも、この学校《がっこう》では、近《ちか》ごろふしぎな事件《じけん》がおきているのだ。犯人《はんにん》が、すぐ近《ちか》くをうろついているかもしれないと思《おも》うと、源太《げんた》の心臓《しんぞう》はドキドキなった。

南校舎《みなみこうしゃ》のはずれにいきついた源太《げんた》が、校舎《こうしゃ》の角《かど》をまわりこもうとした、そのとき。

うしろから何者《なにもの》かが、グイと、源太《げんた》のうでをつかんだ。

「ギャアッ」とさけびそうになる源太《げんた》の口《くち》もとを大《おお》きな手《て》がふさぐ。

源太《げんた》は、もう夢中《むちゅう》で、ジタバタとあばれた。

「ばか。おれだ」

耳《みみ》もとで、聞《き》きなれたムジナ探偵《たんてい》の声《こえ》が聞《き》こえた。

抵抗《ていこう》をやめてふりむくと、青白《あおじろ》い月《つき》の光《ひかり》の下《した》でムジナ探偵《たんてい》が源太《げんた》を見下《みお》ろしていた。

ふりはらうように、そのうでの中《なか》からのがれ出《で》て、源太《げんた》はムジナ探偵《たんてい》をにらんだ。

「ひっでえなぁ。いきなり、おどかすなよ」

「おまえなぁ、どろぼう猫《ねこ》みたいにフェンスのやぶれ目《め》からしのびこんできた人間《にんげん》が、よく、そういうことをいえるな」

源太《げんた》は、言葉《ことば》につまった。たしかに、こっちの方《ほう》が分《ぶ》が悪《わる》い。源太《げんた》は、まねかれざる客《きゃく》なのだ。

「おれ、じつはさあ、きょう、ぐうぜん、ムジナ堂《どう》で小林先生《こばやしせんせい》がしゃべってんの聞《き》いちゃってさ……」

源太《げんた》は、たちまち態度《たいど》をかえて、いいわけをはじめた。

「《ぐうぜん》、かべのあなから、話《はなし》をぬすみ聞《ぎ》きしたわけだな」

「ゲ……。知《し》ってたの？」

「あたりまえだ。おまえ、とちゅうで、となりの板《いた》べいに頭《あたま》をぶつけたろう。いい気味《きみ》だ。ヘッポコ忍者《にんじゃ》みたいなかっこうで、横丁《よこちょう》をにげていくところも、ちゃんと見《み》たぞ」

しかたなく、源太《げんた》はエヘヘとわらった。それにしても、なんという眼力《がんりき》だろう。店《みせ》のおくまった帳場《ちょうば》にすわっていながら、ムジナ探偵《たんてい》はなにもかもお見通《みとお》しだったらしい。

「おまえのことだ。くるんじゃないか……とは思《おも》っていたがな……」

ムジナ探偵《たんてい》がため息《いき》をもらす。

「じき、あきらめて帰《かえ》るかと思《おも》って見《み》ていたら、フラフラ歩《ある》きまわりはじめたから、しかたなく、こうやって出《で》てきたんだよ」

そこまでしゃべって、ムジナ探偵《たんてい》は、昇降口《しょうこうぐち》の上《うえ》にある丸《まる》い大時計《おおどけい》をふりあおぐと、ちいさくしたうちをした。

「もう、時間《じかん》がない。しょうがない。ついてこい。今《いま》、おまえにウロウロされると、こっちのまっているやつがにげちまうかもしれんからな。ただし……」

「わかってるって。ペチャクチャしゃべるな、じゃまするな」

「そういうことだ」

ムジナ探偵《たんてい》はうなずくと、源太《げんた》の先《さき》に立《た》って歩《ある》きだした。昇降口《しょうこうぐち》のうら手《て》にある来客《らいきゃく》用《よう》のちいさな玄関《げんかん》から二人《ふたり》は、校舎《こうしゃ》の中《なか》に入《はい》った。中《なか》に入《はい》るとムジナ探偵《たんてい》はくつをぬぎ、スリッパもはかずにろうかを歩《ある》きだす。源太《げんた》も、それにならって、くつ下《した》のままで探偵《たんてい》のあとにつづいた。

校舎《こうしゃ》の中《なか》は、おもてより、さらに暗《くら》い。窓《まど》からさしこむあわい月《つき》の光《ひかり》が、二人《ふたり》のゆく手《て》をてらしていたが、二階《かい》へつづく階段《かいだん》の下《した》に立《た》つと、その先《さき》には、すいこまれそうな闇《やみ》が広《ひろ》がっているのだった。

階段《かいだん》をのぼるムジナ探偵《たんてい》のうしろに、できるだけピッタリとくっついて源太《げんた》は歩《ある》いた。かすかな足音《あしおと》と、二人《ふたり》の息《いき》づかいが、シンとしずまった闇《やみ》の中《なか》で、こだまするようにひびく。おどり場《ば》のすみや、防火《ぼうか》とびらのかげには、ぬりつぶされたような暗《くら》がりがたまり、そこからふいになにかが出《で》てきそうな気《き》がした。

二階《かい》のはずれにある家庭科室《かていかしつ》の前《まえ》にくると、ムジナ探偵《たんてい》は、しずかに引《ひ》き戸《ど》をあけた。

うながされて源太《げんた》が中《なか》に入《はい》ると、ムジナ探偵《たんてい》はまた、中《なか》からぴったりととびらをとざした。

家庭科室《かていかしつ》の中《なか》は、窓《まど》からの月《つき》の光《ひかり》でろうかよりは、いくらか明《あか》るい。調理実習用《ちょうりじっしゅうよう》のテーブルが整然《せいぜん》とならび、そのシンクが月光《げっこう》をうけてにぶく光《ひか》って見《み》えた。

さっき大時計《おおどけい》が十一時半《じはん》をさしていたから、もうまもなく真夜中《まよなか》になる。こんな時刻《じこく》に、学校《がっこう》にいるというのは、なんともみょうな気分《きぶん》だった。

「いいか、おれが、いいというまで、ぜったいに口《くち》をひらくな」

ムジナ探偵《たんてい》は、そう念《ねん》をおすと、窓《まど》ぎわの机《つくえ》の上《うえ》においてあったものを取《と》り上《あ》げた。ふろ屋《や》で見《み》かけるような木《き》のおけだ。おけの中《なか》にはられた水《みず》が、月《つき》の光《ひかり》をうけてトロリと光《ひか》っている。学校《がっこう》では、見《み》かけない代物《しろもの》である。（ムジナさんがもってきたのかな？）と思《おも》いながら、源太《げんた》はながめていた。

水《みず》の入《はい》ったおけを、ムジナ探偵《たんてい》は、教室《きょうしつ》の一番《いちばん》うしろのかべのところまでもっていって、そこにあった丸《まる》いすの上《うえ》にのせた。それから、自分《じぶん》もひとつ、丸《まる》いすをもってきて、おけのとなりに、どかりと腰《こし》を下《お》ろす。そして、足《あし》をくんで、かべにもたれかかると、そのまま、なにもいわずに、目《め》をとじてしまった。しかたがないので源太《げんた》も、おけののっかっているいすと反対《はんたい》がわのムジナ探偵《たんてい》の横《よこ》に、丸《まる》いすをひっぱってきて、そこに腰《こし》を下《お》ろした。

その場所《ばしょ》からだと、家庭科室全体《かていかしつぜんたい》が、よく見《み》わたせた。ろうかがわの前《まえ》とうしろにひとつずつある出入《でい》り口《ぐち》も、中庭《なかにわ》にむいた窓《まど》も、ズラリとならんだシンクつきのテーブルの列《れつ》も。

源太《げんた》はしばらく、キョロキョロとへやの中《なか》を見《み》まわしていたが、なにかがおこりそうな気配《けはい》はない。校舎《こうしゃ》の中《なか》はしずまりかえり、コソリとも物音《ものおと》は聞《き》こえない。はりきって、夜《よる》の学校《がっこう》にのりこんできたものの、こうして、丸《まる》いすに、ただじっとすわって、だまりこくっているというのは、どうにもたいくつだった。

さっきまで、やたらに緊張《きんちょう》していたせいか、じっとしていると、だんだんねむたくなってくる。手足《てあし》はじんわりとけだるく、まぶたがおもい。源太《げんた》は、知《し》らぬまに、かべによりかかったまま、ねむりこんでしまった。

突然《とつぜん》、うでをこづかれて、源太《げんた》はハッと目《め》をあけた。となりの丸《まる》いすのムジナ探偵《たんてい》がくちびるに指《ゆび》をあてて《しっ》と合図《あいず》をしている。探偵《たんてい》の目《め》はさっきまでとはうってかわって、するどい光《ひかり》をたたえていた。

（だれかがくるんだ……）

源太《げんた》のねむけはいっぺんにふきとんだ。心臓《しんぞう》がドキドキと脈《みゃく》うちはじめる。

源太《げんた》は、ろうかからの出入り口《でいりぐち》と、中庭《なかにわ》に面《めん》した窓《まど》に目《め》をくばった。なにもおこらない。だれかが近《ちか》づいてくる気配《けはい》もない。

しかし、そのとき、わずかな音《おと》が源太《げんた》の耳《みみ》にひびいた。

ゴボ、ゴボ、ゴボ……。

つまった排水口《はいすいこう》を水《みず》がながれおちるような、低《ひく》い、くぐもった音《おと》。

源太《げんた》は、音《おと》のする方角《ほうがく》をひっしに目《め》でさがした。そして、その視線《しせん》がゆっくりと、家庭科室《かていかしつ》の一か所《しょ》にすいよせられるようにさだまったとき、源太《げんた》の心臓《しんぞう》は一瞬《いっしゅん》こおりついた。

「!!」

銀色《ぎんいろ》のシンクの中《なか》から、突然《とつぜん》、黒《くろ》い人《ひと》かげが頭《あたま》をもたげたのである。

あらわれた人《ひと》かげは、シンクのふちをのりこえ、ひょいとゆかの上《うえ》におり立《た》った。つめたい月光《げっこう》が、その姿《すがた》を青白《あおじろ》くてらしだす。

「あっ!」

源太《げんた》は、おしころしたさけび声《ごえ》をもらした。

月光《げっこう》の中《なか》の人《ひと》かげがハッとしたように、源太《げんた》の方《ほう》をふりかえる。黒《くろ》ぐろとした目《め》が、いっぱいに見《み》ひらかれ、おびえた表情《ひょうじょう》がその顔《かお》にうかんだ。

となりの丸《まる》いすから、ムジナ探偵《たんてい》が、すばやく立《た》ち上《あ》がった。探偵《たんてい》は、水《みず》をはった木《き》おけを取《と》り上《あ》げると、その木《き》おけを、ただだまって、侵入者《しんにゅうしゃ》の方《ほう》にさしだした。

そのとき、ほそい、悲《かな》しげな声《こえ》が月《つき》あかりの中《なか》にひびいた。

「ぜったい、じゃましないでって、いったじゃないか……」

あの子《こ》だった。それは、その日《ひ》、源太《げんた》が中庭《なかにわ》で出《で》あった、あのちいさな、男《おとこ》の子《こ》だったのである。

男《おとこ》の子《こ》の目《め》が、じっと、源太《げんた》を見《み》た。そして、つぎの瞬間《しゅんかん》、その子《こ》の姿《すがた》は、また、中《なか》庭《にわ》のときと同様《どうよう》、かき消《け》すように、源太《げんた》の目《め》の前《まえ》から消《き》えさっていた。

男《おとこ》の子《こ》の姿《すがた》が消《き》えうせてもしばらく、源太《げんた》は丸《まる》いすの上《うえ》で、こわばったまま、うごくことができなかった。

ふしぎな夢《ゆめ》を見《み》たような、強《つよ》い衝撃《しょうげき》が体《からだ》と頭《あたま》をしびれさせている。

「い……いったい……どうなってんの?」

やっとの思《おも》いで源太《げんた》はつぶやいた。

青白《あおじろ》い月光《げっこう》の中《なか》にたたずんでいたムジナ探偵《たんてい》が、しずかに源太《げんた》を見下《みお》ろした。

「その前《まえ》に、こっちこそ聞《き》きたいね。いったい、どうなってるんだ？　あの子《こ》がいった言《こと》葉《ば》は、ありゃ、なんなんだ。おまえ、前《まえ》に、どこかで、あの子《こ》とあったのか？」

「……きょう。中庭《なかにわ》で……」

源太《げんた》は、まだ半分《はんぶん》ぼんやりとしながら、その日《ひ》の中庭《なかにわ》での一部始終《いちぶしじゅう》をムジナ探偵《たんてい》にかたって聞《き》かせた。

「なんだって、そういう大事《だいじ》なことを、ちゃんと話《はな》さないんだ」

話《はなし》を聞《き》きおえると、ムジナ探偵《たんてい》はにがにがしげにいった。

「それを聞《き》いてりゃ、もっと、べつの方法《ほうほう》をかんがえたのに……」

「どういうことなの？　おれ、わかんないよ。あの子《こ》のこと、ムジナさんに話《はな》そうと思《おも》ったんだぜ。そのためにきょう、ムジナ堂《どう》にいったんだけど、そしたら小林先生《こばやしせんせい》がきてて、結局《けっきょく》、話《はな》せなかったんだよ。……けど、それと、こんどの事件《じけん》とどんな関係《かんけい》があったんだ？　包丁《ほうちょう》だの、針《はり》だのを学校《がっこう》からぬすんだのは、あの子《こ》だったの？　なんで、また、消《き》えちまったんだよ」

めずらしく源太《げんた》は、なきだしそうな声《こえ》でいった。あの子《こ》の悲《かな》しそうな目《め》と声《こえ》が、心《こころ》のおくに、焼《や》きついていた。

「見《み》ろ」

ムジナ探偵《たんてい》は、源太《げんた》の前《まえ》に、あの木《き》おけをさしだした。ザワザワと、水《みず》が、黒《くろ》く波立《なみだ》った。のぞきこんだ源太《げんた》は、「あっ」とさけんだ。さっきまでは、からっぽだった水《みず》の中《なか》に、今《いま》は無数《むすう》の黒《くろ》いかげがうごめいている。

「オ、オタマジャクシ……」

そう、それは、中庭《なかにわ》の池《いけ》と同《おな》じ、黒《くろ》いまめつぶのようなオタマジャクシの群《む》れだった。うしろ足《あし》のはえたやつ。もう前足《まえあし》も出《で》かかっているやつ。あとすこしでカエルになろうというオタマジャクシたちが、せまいおけの中《なか》を、ひしめくようにおよぎまわっている。

「どうして？　どういうこと？」

源太《げんた》は、おけから目《め》を上《あ》げて、ムジナ探偵《たんてい》の顔《かお》をくいいるように見《み》つめた。

「つまり、あの子《こ》はオタマジャクシだったんだ。大勢《おおぜい》のオタマジャクシが、よりあつまってあの子《こ》に化《ば》けてたのさ」

ムジナ探偵《たんてい》がいった。

「あの子《こ》に化《ば》けて、学校《がっこう》の中《なか》から、包丁《ほうちょう》や針《はり》やタバコをもちだしていたんだ。今夜《こんや》、おれが、月《つき》の光《ひかり》をうつした水《みず》おけをさしだしたから、術《じゅつ》がとけて、こいつらは、もとの姿《すがた》にもどっちまった」

「なんで、でも、包丁《ほうちょう》なんかぬすんだの?」

「ヘビだよ」

「ヘビ?」

「おれは、学校《がっこう》からなくなった品物《しなもの》を聞《き》いたとき、まず、ピンときたんだ。包丁《ほうちょう》に針《はり》にタバコだろ? 金気《かなけ》の物《もの》とタバコのヤニっていえば、それはもう、ヘビの苦手《にがて》中《ちゅう》の苦手《にがて》なんだ。タバコは箱《はこ》からだして、もみくちゃにしてあったって、先生《せんせい》がいってたのを聞《き》いたか? そうしないと、ヤニのきき目《め》がないからな。そのうえ、二回《かい》とも、中庭《なかにわ》の同《おな》じ場所《ばしょ》にすててあったということは、どうやら、そのあたりにヘビがすみついていて、だれかが、そのヘビを退治《たいじ》しようと思《おも》っているらしい……というところまではすぐさっしがついた。


じゃ、だれが、いったい、そんなことをしたのか? あの先生《せんせい》がいうとおり、三つの品物《もの》のありかをちゃんと知《し》っていて、かぎのかかった学校《がっこう》にしのびこめる人間《にんげん》というのは、かなりかぎられるだろう。しかしだな、もし、学校《がっこう》の先生《せんせい》や生徒《せいと》が、その三つの品物《しなもの》をぬすんだんだとしたら、そいつは、また、どうして、わざわざ学校《がっこう》からぬすもうなんてかんがえたんだろう？　おまえなら、どうする？　夜中《よなか》、学校《がっこう》にしのびこむより、自分《じぶん》の家《いえ》の台所《だいどころ》の包丁《ほうちょう》と、裁縫箱《さいほうばこ》の針《はり》と、おやじさんのタバコをしっけいする方《ほう》がずっと楽《らく》じゃないか？

そこまでかんがえて、おれは気《き》づいたんだ。ひょっとしたら、犯人《はんにん》は、学校《がっこう》にすんでいるんじゃないか。おれやおまえが、その三つの品物《しなもの》を自分《じぶん》の家《いえ》の中《なか》から調達《ちょうたつ》しようとするように、そいつは、この学校《がっこう》にすんでいるからこそ、学校《がっこう》の中《なか》にある品物《しなもの》を手《て》にいれようとしたんじゃないのか。学校《がっこう》にすんでいて、なんとしてもヘビを退治《たいじ》しないとこまるのはだれだろう？

そのとき、おれは、おまえがいつだったか学校《がっこう》の池《いけ》から、オタマジャクシをすくってきていたのを思《おも》いだした。たしか、中庭《なかにわ》の池《いけ》に、いっぱいオタマジャクシがいるっていってたよな？　それならつじつまがあう。オタマジャクシはカエルになる。カエルはヘビの大《だい》好物《こうぶつ》だ。中庭《なかにわ》にヘビがすみついて、もうじきカエルになるオタマジャクシたちはあわてたのさ。なんとか、そいつを退治《たいじ》しないと、せっかくカエルになっても、食《た》べられちまうんだからな」

源太《げんた》の心《こころ》に、中庭《なかにわ》で出《で》あった男《おとこ》の子《こ》の言葉《ことば》がよみがえった。

《そうでなきゃ、あいつに、みんな、くわれちゃうんだ……》

ムジナ探偵《たんてい》は、だまりこむ源太《げんた》の横《よこ》で、木《き》おけの中《なか》のオタマジャクシたちを見《み》つめた。

「こいつらは、排水口《はいすいこう》をつたって、学校《がっこう》の中《なか》に出入《でい》りしてたんだよ。給食室《きゅうしょくしつ》、家庭科室《かていかしつ》……どっちも水道《すいどう》があるだろ？　職員室《しょくいんしつ》だけは、わからなかったんだが、先生《せんせい》に聞《き》いたら手洗《てあら》いの水道《すいどう》があるっていうんで納得《なっとく》がいった。だから今夜《こんや》、おれは、水《みず》をはった木《き》おけを用意《ようい》して、こいつたちがあらわれるのをまつことにしたんだ。月《つき》の光《ひかり》をうつした水鏡《みずかがみ》には、変化《へんげ》の術《じゅつ》をとく力《ちから》がある。この水鏡《みずかがみ》に姿《すがた》をうつされると、化《ば》けてるやつは、タヌキだろうが、キツネだろうが、まず十中八九《じっちゅうはっく》、本性《ほんしょう》をあらわすんだよ。ほら、オタマジャクシも、ごらんのとおり」

ムジナ探偵《たんてい》が、かすかに木《き》おけをゆらすと、水面《みなも》がさざめいて、オタマジャクシたちは、あわてたようにおよぎまわった。

「これから、どうするの？」

源太《げんた》はしずんだ声《こえ》でたずねた。

「まずは、こいつらを、池《いけ》にはなそう」

「はなしたら、どうなるの？　また、化《ば》けられるの？」

「無理《むり》だ」

ムジナ探偵《たんてい》は、きっぱりという。

「オタマジャクシなんてものは、そもそも、それほど化《ば》ける力《ちから》が強《つよ》いわけじゃない。古《ふる》ダヌキや、前《まえ》にうちにきたキツネなんかとちがって、ふつうは化《ば》けもしないんだよ。それが、ひっしになって、みんなでよりあつまって化《ば》けてたんだから、一度《いちど》、術《じゅつ》がとけちまったら、もう、化《ば》けられないな」

「それじゃ、もう、包丁《ほうちょう》や針《はり》をぬすみにはこないのかなあ?」

「もとの姿《すがた》にもどれば、こんなちっぽけなんだぜ。針《はり》一本《ぽん》もてんだろう。どうやって、包丁《ほうちょう》をはこびだせっていうんだ?」

それだけいうと、ムジナ探偵《たんてい》は、おけをかかえて歩《ある》きだした。

校舎《こうしゃ》を出《で》ると、十三夜《じゅうさんや》の月《つき》は、もう西《にし》にかたむいている。中庭《なかにわ》の池《いけ》のそばまでくると、青《あお》い闇《やみ》の中《なか》に、土《つち》と草《くさ》のにおいがとけだして、強《つよ》くかおっていた。

しめった夜《よる》の風《かぜ》が、ショウブのしげみをゆらす。ムジナ探偵《たんてい》は身《み》をかがめて、ショウブの花《はな》かげに、木《き》おけの中身《なかみ》をていねいにあけた。はなたれたオタマジャクシたちが、池《いけ》の中《なか》を、およぎちっていくちいさなざわめきが、水面《みなも》をゆらした。

「包丁《ほうちょう》と針《はり》とタバコをすててあった場所《ばしょ》って、どこ？」

源太《げんた》が、ボソリとたずねる。

ムジナ探偵《たんてい》は池《いけ》の中《なか》をのぞきこんだままで、「よせ、よせ」とつぶやいた。

「おまえ、あした、家《いえ》から、包丁《ほうちょう》やら針《はり》やらをもってきておいとくつもりなんだろ。そんなことすりゃ、また校務員《こうむいん》のおっさんに見《み》つかって、ややこしいことになるぞ。万《まん》が一《いち》、おまえがおいたとわかれば、今《いま》までのことだって、おまえのせいにされかねん。やめとけ、やめとけ」

「でも、そしたら、結局《けっきょく》、こいつたちは、ヘビにくわれちゃうじゃないかよ」

源太《げんた》が、つっかかると、ムジナ探偵《たんてい》がわらいながらふりむいた。

「おまえも、意外《いがい》に心《こころ》やさしい少年《しょうねん》だな。オタマジャクシのゆくすえをしんぱいしてるのか？」

「やさしいんじゃないよ。ただ、責任《せきにん》かんじてるんだよ。おれが、あの子《こ》の伝言《でんごん》を、ちゃんとムジナさんにつたえなかったから……。もし、おれが、あのことを話《はな》してれば、ムジナさん、あの子《こ》をつかまえたりしなかったろ？」

「……そうだな。水鏡《みずかがみ》とはちがった方法《ほうほう》をかんがえたかもしれんな」

そういって、ムジナ探偵《たんてい》は、大《おお》きくのびをすると、フラリと池《いけ》のそばをはなれた。

源太《げんた》は、まだじっと暗《くら》い池《いけ》の中《なか》を見《み》つめている。オタマジャクシたちの姿《すがた》は、もう見《み》えない。池《いけ》にしげる水草《みずくさ》のかげで、じっと息《いき》をひそめているのだろう。暗《くら》い水面《みなも》もしずまっていた。

「なに、やってんの？」

やがて、源太《げんた》は、花《か》だんのそばにしゃがみこんでいるムジナ探偵《たんてい》に気《き》づいて声《こえ》をかけた。

「さがしものだ」

「なに？」

ムジナ探偵《たんてい》は、花《か》だんのまわりにならべられた、ふち石《いし》をひとつひとつひっくりかえして、そのうらをのぞきこんでは、なにかをつまみ上《あ》げているようだった。

源太《げんた》が近《ちか》づくと、ムジナ探偵《たんてい》が立《た》ち上《あ》がった。

「なにやってんのさ」ともう一度《いちど》たずねる源太《げんた》の目《め》の前《まえ》にムジナ探偵《たんてい》は、にぎりこぶしをさしだして、ひろげてみせた。そこには、丸《まる》まるとふとったナメクジが四、五匹《ひき》のっかっている。

「どうして、ナメクジなんかつかまえてんだよ」

「見《み》てりゃあ、わかるさ」

そういいながら、ムジナ探偵《たんてい》は、中庭《なかにわ》のおくにむかって歩《ある》きだした。わたりろうかをこえ、さらに、つきあたりのフェンスにむかって歩《ある》いていく。源太《げんた》もだまって、そのあとにしたがった。

フェンスのわきに、くずれかけた石垣《いしがき》がのこっている。フェンスがはられるずっと前《まえ》、小学校《しょうがっこう》の中庭《なかにわ》のおくには、石垣《いしがき》がつまれていたのだ。その石垣《いしがき》も今《いま》では、二、三段《だん》の石《いし》垣《がき》をのこすだけで、雑草《ざっそう》におおわれている。

「ここが、ヘビのすみかだ」

ムジナ探偵《たんてい》は、その石垣《いしがき》を指《ゆび》さしていった。

「この石垣《いしがき》の下《した》の草《くさ》むらの中《なか》に、ぬすまれた品物《しなもの》はバラまかれてたんだよ。見《み》てみな。石《いし》組《ぐみ》のあいだに、すきまがあるだろ？　ヘビは、たぶん、あのあなの中《なか》にすんでいるんだよ」

源太《げんた》が、しげしげと見《み》てみると、なるほど石《いし》と石《いし》とのあいだには、あちこちに、すきまがあいている。ヘビが、もぐりこむには、もってこいのあなぐらだった。

ムジナ探偵《たんてい》は、そのあなのひとつひとつに、さっきつかまえたナメクジを一匹《ぴき》ずつ、おしこんでいった。

「そうやると、どうなるわけ？」

「こうすると、ヘビはうごけない。これは、ヘビふうじだ。ナメクジでヘビをふうじこめるのさ」

「なんで？」

「おまえ、三《さん》すくみって知《し》ってるか？」

「サンスクリーン？」

「ばか、サンスクリーンじゃない。三《さん》すくみ。かんたんにいうと、ジャンケンポンのグーチョキパーの法則《ほうそく》みたいなもんだ。ヘビとカエルとナメクジ……この三匹《びき》が出《で》あうと、カエルはナメクジを食《た》べたいがヘビがこわくてうごけない。ヘビはカエルを食《た》べたくてもナメクジがこわくてうごけない。ナメクジはヘビには強《つよ》いがカエルがこわくてうごけない。……したがって三者《さんしゃ》がにらみあったまま、身《み》うごきができなくなっちまう……。これを、三《さん》すくみというんだ」

「ヘビは、ナメクジが苦手《にがて》なの？　そりゃ、またどうして？　ヘビがカエルを食《た》べるっていうのはわかるけど、ナメクジってヘビを食《た》べるんだっけ？」

「ナメクジはヘビを食《た》べない。しかし、おれは、こんな話《はなし》を聞《き》いたことがある。ずっと前《まえ》に、おれの知《し》りあいの男《おとこ》が、山《やま》に山菜《さんさい》つみにいったときにな、山道《やまみち》のとちゅうの林《はやし》の中《なか》に、ニュッと一本《ぽん》、長《なが》い木《き》の枝《えだ》みたいなもんがはえてるんで、なんだろうと思《おも》って近《ちか》づいてみたら、なんと、それは直立《ちょくりつ》したヘビだった」

「直立《ちょくりつ》したヘビ？　つまり、それって、ヘビがまっすぐ、ぼうみたいにつっ立《た》ってたってこと？　うそだろ」

ムジナ探偵《たんてい》は、ジロリと源太《げんた》をにらんで、話《はなし》の先《さき》をつづけた。

「その男《おとこ》も、『うそだろ！』っておどろいたさ。でも、それはたしかに、正真正銘《しょうしんしょうめい》のヘビだった。そして、ようく見《み》ると、そのつっ立《た》ったヘビのまわりを、一匹《ぴき》のでっかいナメクジが、グルグル輪《わ》をえがいてはいまわっていたらしい。ヘビのまわりには、銀色《ぎんいろ》の光《ひかり》のすじが、まあるくのこっている。ナメクジの足《あし》あとだな。ナメクジは、その道《みち》すじを、何度《なんど》も何度《なんど》もグルグルまわってたんだよ。さて、その男《おとこ》は、その日《ひ》一日《にち》、山《やま》で山菜《さんさい》をつんで、また帰《かえ》り道《みち》に同《おな》じ場所《ばしょ》を通《とお》ったもんだから、『あのヘビは、どうなったろう』と思《おも》って、のぞいてみると……ヘビはとけちまってたんだそうだ」

「とけたあ？　ヘビがあ？」

「そう。銀《ぎん》の光《ひかり》のすじのまん中《なか》には、トロリとした水《みず》がたまっているだけだった。……つまり、そういうことだ。一説《いっせつ》によると、このヘビのとけたあとから、ヘビ茸《だけ》というめずらしいキノコがはえて、ナメクジは、そのキノコをくうんだともいう。しかし、なんといってもめったにないことなんで、正確《せいかく》なところは、わからんがな。しかし、とにかく、ヘビはナメクジが苦手《にがて》なんだよ」

「どうも、信《しん》じられないなあ……」

源太《げんた》は、首《くび》をかしげた。

「だいいちさあ、ムジナさんのいうとおりなら、オタマジャクシたちは、包丁《ほうちょう》だとか針《はり》なんて、とらなくてもよかったはずじゃないか。どうして、ナメクジをあつめなかったんだ?」

「ふん」

と、ムジナ探偵《たんてい》が鼻《はな》でわらった。

「なに、いってんだ。おまえも、オタマジャクシも、まだ、ほんの子《こ》どもじゃねえか。なんでも知《し》ってるつもりでいても、そうじゃないっていうことだよ。そういうのをな《井《い》の中《なか》の蛙《かわず》》っていうんだぜ」

ムジナ探偵《たんてい》は、クルリと石垣《いしがき》に背《せ》をむけて歩《ある》きだした。

「さあ、帰《かえ》ろう、帰《かえ》ろう」

源太《げんた》は、ひっそりとした石垣《いしがき》と、その石《いし》と石《いし》とのあいだに口《くち》をひらくあなぐらを見《み》わたしてから、ムジナ探偵《たんてい》のあとにつづいた。

さっきより、ずっと心《こころ》はかるかった。ひょっとしたら本当《ほんとう》に、ムジナ探偵《たんてい》のいうとおり、ヘビはナメクジにふうじられて、カエルたちを食《た》べられないかもしれない。とても信《しん》じられないと思《おも》う一方《いっぽう》で、ムジナ探偵《たんてい》のすることならまちがいないという気《き》もする。なにより、ムジナ探偵《たんてい》が、オタマジャクシたちをたすけるために手《て》をうってくれたことがうれしかった。

「でもさ、ムジナさん。先生《せんせい》には、どう説明《せつめい》するの？　犯人《はんにん》はオタマジャクシでした……なんていったって、だれも信用《しんよう》しないぜ」

「そんなこた、いわん。最初《さいしょ》っから、むこうの依頼《いらい》は《犯人《はんにん》はつかまえなくていい。二度《にど》と同《おな》じことがおこらないようにしてほしい》っていうことだったからひきうけたんだ。おれは、この事件《じけん》の真相《しんそう》も犯人《はんにん》のことも、なにもしゃべる気《き》はないよ」

ムジナ探偵《たんてい》は、ひょいと、裏門《うらもん》わきのフェンスにとりつくと、たちまち、てっぺんをのりこえて、身《み》がるに道路《どうろ》の上《うえ》にとびおりた。

「あ……。まってよ」

源太《げんた》もいそいで、フェンスのやぶれたあなをくぐりぬける。

月《つき》が西《にし》にかたむく夜道《よみち》を、へんてこ横丁《よこちょう》にむかって歩《ある》きながら、源太《げんた》は、黒《くろ》いシルエットになったムジナ探偵《たんてい》のうしろ姿《すがた》にといかけた。

「ね、ムジナさんてさ、どうして、こんなへんなことばっかり、よく知《し》ってるの？　ヘビの弱点《じゃくてん》だとか、妖怪《ようかい》の術《じゅつ》をとく方法《ほうほう》だとか、そんなの、学校《がっこう》じゃ、教《おし》えてくんないだろ？」

前《まえ》をいくムジナ探偵《たんてい》の歩《あゆ》みが、ゆっくりととまった。

「じつはな……」

いいながらふりかえったムジナ探偵《たんてい》の顔《かお》は、暗《くら》いかげにのみこまれていて、ポッカリあいたあなぐらのようだった。

「おれも妖怪《ようかい》なんだ……っていったら、どうする？」

「えっ!?」

源太《げんた》も思《おも》わず、足《あし》をとめる。

「……うそだあ。そんなの」

源太《げんた》は、顔《かお》の見《み》えないムジナ探偵《たんてい》にむかってひきつったようにわらった。

「そんなこと、わからんだろ？　おまえときたら、キツネがお客《きゃく》に化《ば》けたって、オタマジャクシが子《こ》どもに化《ば》けたって、コロッとだまされるんだからな。案外《あんがい》、このおれだって、ムジナが化《ば》けてるのかもしれんぞ。そうじゃないって、いいきれるか？」

「……でも、そんなはずないよぉ。ムジナさんは、ずうっと前《まえ》から、あのへんてこ横丁《よこちょう》のムジナ堂《どう》にすんでて……」

そういいかけて、源太《げんた》は言葉《ことば》をのみこんだ。じゃあ、ムジナ堂《どう》にやってくる前《まえ》、ムジナ探偵《たんてい》は、どこにいたのだろうか。ある日突然《ひとつぜん》、へんてこ横丁《よこちょう》にあらわれたムジナ探偵《たんてい》が、それまで、どこで、どんなくらしをしていたのか、源太《げんた》は知《し》らないことに気《き》づいた。

たたずむ源太《げんた》をのこして、ムジナ探偵《たんてい》が、また、ふいと歩《ある》きだす。

「ムジナさんって、いったい、何者《なにもの》なんだ？」

源太《げんた》の胸《むね》の中《なか》で、そんな疑問《ぎもん》が頭《あたま》をもたげた。

二人《ふたり》をまつ、へんてこ横丁《よこちょう》のかたすみで、角《かど》のタバコ屋《や》のかんばんのあかりが、なまあたたかく光《ひか》っている。

横丁《よこちょう》のあかりにむかって遠《とお》ざかっていくムジナ探偵《たんてい》の姿《すがた》が、源太《げんた》には得体《えたい》の知《し》れないかげぼうしのように思《おも》えた。

解説

人生はなぞに満《み》ちている

児童文学研究者
土《ど》居《い》安《やす》子《こ》

学校へ行く道に十歳《さい》ぐらいの子どもの新しい運動靴《うんどうぐつ》が片方《かたほう》だけ落ちていたとします。「だれの靴だろう」「もう片方の靴はどこへ行ったんだろう」「なぜ、ここで靴を落としたんだろう」「事件《じけん》にまきこまれたんだろうか」「妖怪《ようかい》のしわざだろうか」と、「なぞ」はつきません。

人間は幼《おさな》いときから、「なぜ」「どうして」という「なぞ」があると、どうしても答えを知りたくなります。この本は、「なぞ」を解《と》く話ばかりが集められており、読まずにはいられません。

「地獄堂《じごくどう》と三人悪《さんにんあく》と幽霊《ゆうれい》と」の「なぞ」は、ふたつ池《いけ》に出る水色のワンピースを着たおばけです。上《じょう》院《いん》小学校の「イタズラ大王《だいおう》」とか「三人悪」と呼《よ》ばれる五年生のてつし、リョーチン、椎名《しいな》の三人組が、不気味《ぶきみ》な薬屋「地獄堂」のおやじにヒントをもらいながら「なぞとき」に挑戦《ちょうせん》します。

この作品は「地獄堂霊界通信《じごくどうれいかいつうしん》」第《だい》一巻《かん》『ワルガキ、幽霊にびびる』（ポプラ社、一九九五年、第二十八回日本《にほん》児童文学者協会新人賞受賞《じどうぶんがくしゃきょうかいしんじんしょう》）に掲載《けいさい》されており、シリーズ化《か》（ポプラ社版《しゃばん》では全一六巻）され、映画化《えいがか》もされています。作者の香月日輪《こうづきひのわ》さんは、残念《ざんねん》ながら二〇一四年に亡《な》くなられましたが、このシリーズのほかにも「妖怪《ようかい》アパートの幽雅《ゆうが》な日常《にちじょう》」シリーズ（講談社《こうだんしゃ》）があります。両親を交通事故《こうつうじこ》で亡《な》くした高校生の稲葉夕士《いなばゆうし》が一人暮《ひとりぐ》らしをするために格安《かくやす》アパートに入ったらなんと大家《おおや》さんが妖怪で、ほかにも妖怪が住んでいました。夕士は、アパートに住んでいる人や妖怪たちの「なぞ」に出会っていきます。

「お千賀《ちか》ちゃんがさらわれた」では、江戸時代《えどじだい》の岡《おか》っ引《ぴ》き（私立探偵《しりつたんてい》のようなもので、役人を助けて事件《じけん》の調査《ちょうさ》などをする人）千次《せんじ》の息子《むすこ》で十二歳《さい》の百太郎《ひゃくたろう》があざやかな「なぞとき」を見せます。これは、「お江戸の百太郎」シリーズの第一作目で、シリーズは全六巻《かん》出ています。第六巻の『お江戸の百太郎 乙松《おとまつ》、宙《ちゅう》に舞《ま》う』（岩崎書店《いわさきしょてん》）で、一九九五年、第三十五回日本児童文学者協会賞《にほんじどうぶんがくしゃきょうかいしょう》を受賞しました。

「お千賀ちゃんがさらわれた」は、伊勢屋《いせや》の十歳の娘《むすめ》、お千賀ちゃんがさらわれ、「むすめは、あずかっている。かえしてほしくば、あすの戌《いぬ》の刻《こく》（午後八時）に、柳島《やなぎしま》の妙見堂《みょうけんどう》に三百りょうもってこい。……」という脅迫状《きょうはくじょう》が届《とど》き、千次が伊勢屋の番頭《ばんとう》に相談《そうだん》を受けるところから始まります。百太郎は、脅迫状を書いたのはだれか、なぜ、犯人《はんにん》はお千賀ちゃんが亀戸《かめいど》の天神《てんじん》さまへ行くということを知っていたのか、などの「なぞ」を解《と》いていきます。目の前にある事実《じじつ》から事件解決《じけんかいけつ》のヒントを見つける百太郎の頭のよさに感心しながら読んでいくと、百太郎が犯人につかまって、危機一髪《ききいっぱつ》。最後まで目が離《はな》せないところもこの作品のおもしろさです。やさしいけれど、どんくさい岡っ引きのとうちゃんと、しっかり者の百太郎のどたばたが楽しく、江戸時代の下町《したまち》の人情深《にんじょうぶか》さを体験《たいけん》できます。そして、実《じつ》はさらわれたお千賀ちゃん、このあとの作品ではレギュラー出演《しゅつえん》するようになります。

シリーズには続編《ぞくへん》があり、百太郎の弟、銀太《ぎんた》が活躍《かつやく》するシリーズ「銀太捕物帳《とりものちょう》」（岩崎書店）も四巻発行されています。おっかさんが死んで、とうちゃんと二人暮《ふたりぐ》らしのはずの百太郎になぜ、弟がいるのかと思った人は、そのなぞを解《と》くために続きを読んでみてください。
作者の那須正幹《なすまさもと》さんは「ズッコケ三人組」シリーズ（ポプラ社）でよく知られていますが、ほかにも「コロッケ探偵団《たんていだん》」（小峰書店《こみねしょてん》）「写楽《しゃらく》ホーム凸凹探偵団《デコボコたんていだん》」（講談社《こうだんしゃ》）など、「なぞとき」のシリーズがたくさんあります。

「信二《しんじ》のつり竿《ざお》」は、『ひとりでいらっしゃい』（一九九四年、偕成社《かいせいしゃ》）で語られる七つの怪談《かいだん》のなかの最後のお話です。『ひとりでいらっしゃい』は、小学五年生の隆司《たかし》が、大学生のお兄《にい》さんに忘《わす》れ物《もの》を届《とど》けて、大学内の食堂《しょくどう》へ行こうとエレベーターに乗ったことから始まります。隆司は地下へ行くつもりが、エレベーターが四階《かい》に止まって動かなくなったので、廊下《ろうか》を歩いていると、西戸《にしど》先生と四人の大学生に出会います。西戸先生は、隆司に冷《ひ》やし中華《ちゅうか》をごちそうしてくれ、「むらさきばばあ」の話を語ってほしいと頼《たの》みます。隆司が語ったあとは、四人と遅刻《ちこく》してきた学生と先生が「天井《てんじょう》からこんばんは」「ぐんちゃん」「きつねの面《めん》」「あの世《よ》の場所」「富士見《ふじみ》トンネル」という怪談を語ります。そして、最後がこの作品です。

大学生たちがお互《たが》いの怪談に感想《かんそう》や批判《ひはん》を言いあったりするのも興味深《きょうみぶか》く、西戸先生の正体《しょうたい》も不思議《ふしぎ》です。この本には『うらからいらっしゃい―七つの怪談―』『まよわずいらっしゃい―七つの怪談―』という続編《ぞくへん》があって、いずれも隆司が西戸先生と大学生たちの怪談を語る会に参加《さんか》します。
『ルドルフとイッパイアッテナ』（一九八七年、講談社）でデビューした斉藤洋《さいとうひろし》さんにも「白狐魔記《しらこまき》」（偕成社）、「ナツカのおばけ事件簿《じけんぼ》」（あかね書房《しょぼう》）、「くのいち小桜忍法帖《こざくらにんぽうちょう》」（あすなろ書房）、「西遊後記《さいゆうこうき》」（理論社《りろんしゃ》）など、事件の「なぞ」や不思議な「なぞ」が出てくるシリーズがいっぱいあります。

このように「なぞ」のなかには、推理《すいり》を組み立てていけば解《と》ける「なぞ」と、幽霊《ゆうれい》や妖怪《ようかい》など、今の人間には解けない不思議《ふしぎ》＝「なぞ」があります。その両方が一冊《さつ》で楽しめるのが『ムジナ探偵局《たんていきょく》　名探偵登場《めいたんていとうじょう》！』（二〇〇七年、童心社《どうしんしゃ》）です。探偵は、「へんてこ横丁《よこちょう》」で古本屋「貉堂《むじなどう》」を経営《けいえい》しているムジナ探偵こと、嶋雄太朗《しまゆうたろう》。店には小学五年生の源太《げんた》が入《い》り浸《びた》って事件《じけん》のにおいをかぎつけると、ついていきます。

この本には、夢《ゆめ》で見た白い箱の中味《なかみ》が知りたいという女性《じょせい》の依頼《いらい》（「白い木箱《きばこ》」）、お金持ちのおじいさんが亡《な》くなって貴重《きちょう》な本を引き取りにいくと、アブが飛んできてムジナ探偵にメッセージを伝《つた》えようとする話（「ちいさなアブ」）、源太が学校で、見知らぬ幼《おさな》い男の子に出会って「じゃましちゃだめだよ。そうでなきゃ、あいつに、みんな、くわれちゃうんだ」と言われる事件（「学校の事件」）が入っていて、ムジナ探偵の推理の鋭《するど》さと、私たちの身近にあるかもしれない不思議を楽しむことができます。

「ムジナ探偵局」シリーズは現在《げんざい》、九巻出版《かんしゅっぱん》されており、ムジナ探偵の正体《しょうたい》も気になるところです。

富安陽子《とみやすようこ》さんのデビュー作『クヌギ林のザワザワ荘《そう》』（あかね書房、一九九一年、第二十四回日本児童文学者協会《にほんじどうぶんがくしゃきょうかい》新人賞受賞《しんじんしょうじゅしょう》）にも「なぞとき」の要素《ようそ》がありますが、ほかにも「菜《な》の子《こ》先生」シリーズ（福音館書店《ふくいんかんしょてん》）、「シノダ！」シリーズ（偕成社《かいせいしゃ》）、「内科《ないか》・オバケ科ホオズキ医院《いいん》」シリーズ（ポプラ社）など、推理と不思議の両方を楽しめるシリーズが数多くあります。

「次どうなるだろう」「どうして、主人公《しゅじんこう》はこう言ったんだろう」など、本を読むということは、なぞを解いていくようなものです。また、人生《じんせい》もなぞだらけ、「なぞとき」の本を読んで、なぞを解くのが得《とく》意《い》になって、みなさんの人生のなぞも解きあかしてください。

香月日輪 こうづき・ひのわ

一九六三年、和歌山県に生まれる。一九九五年『地獄堂霊界通信　ワルガキ、幽霊にびびる！』（ポプラ社）で第二十八回日本児童文学者協会新人賞、二〇〇四年『妖怪アパートの幽雅な日常（一）』（講談社）で第五十一回産経児童出版文化賞フジテレビ賞受賞。作品に「ファンム・アレース」（講談社）、「大江戸妖怪かわら版」（理論社）、『下町不思議町物語』（岩崎書店）、『ネコマタのおばばと異次元の森』（ポプラ社）などがある。二〇一四年永眠。

那須正幹 なす・まさもと

一九四二年、広島県に生まれる。一九九四年『さぎ師たちの空』（ポプラ社）で第十六回路傍の石文学賞、一九九五年『お江戸の百太郎　乙松、宙に舞う』（岩崎書店）で第三十五回日本児童文学者協会賞、二〇〇〇年第二十三回巌谷小波文芸賞受賞。作品に『屋根裏の遠い旅』『ぼくらは海へ』（ともに偕成社）、「ズッコケ三人組」シリーズ（ポプラ社）、「お江戸の百太郎」シリーズ（岩崎書店）などがある。山口県在住。

斉藤　洋 さいとう・ひろし

一九五二年、東京都で生まれる。一九八六年『ルドルフとイッパイアッテナ』で第二十七回講談社児童文学新人賞、一九八八年『ルドルフともだちひとりだち』で第二十六回野間児童文芸新人賞、一九九一年第十三回路傍の石幼少年文学賞、二〇一三年『ルドルフとスノーホワイト』（以上、講談社）で第五十一回野間児童文芸賞受賞。おもな作品に、「白狐魔記」シリーズ、『ひとりでいらっしゃい―七つの怪談―』『遠く不思議な夏』『アルフレートの時計台』（以上、偕成社）などがある。東京都在住。

富安陽子 とみやす・ようこ

一九五九年、東京に生まれる。一九九一年『クヌギ林のザワザワ荘』（あかね書房）で第二十四回日本児童文学者協会新人賞、第四十回小学館児童出版文化賞、一九九七年「小さなスズナ姫」シリーズ（偕成社）で第十五回新美南吉児童文学賞、二〇〇一年『空へつづく神話』（偕成社）で第四十八回産経児童出版文化賞、二〇一一年『盆まねき』（偕成社）で第四十九回野間児童文芸賞を受賞。大阪府在住。

日本児童文学者協会創立七十周年記念出版

「児童文学　10の冒険」刊行に寄せて

児童文学というジャンルは、大人の作者が子どもの読者に向けて語る、というところに特徴があります。そのため、時に押しつけがましく語り過ぎたり、時に大人の側の独りよがりになってしまったりするようなことも、なしとはしません。ただ、そこに児童文学を書くことの難しさやおもしろさもあり、わたしたちは読者である子どもたちと、そして自身の中にある「子ども」とも心の中で対話しながら、さまざまな作品を書き続けてきました。

このシリーズは、児童文学の作家団体である日本児童文学者協会が創立七十周年を迎えたことを記念して企画されました。先に創立五十周年記念出版として刊行された『『心』の子ども文学館』（全二十四巻、日本図書センター刊）に続くものです。協会が創立されたのは太平洋戦争敗戦後まもない一九四六年のことで、その時代とはもとより、『『心』の子ども文学館』が刊行された二十年前に比べても、大人と子どもとの関係は大きな変化を見せ、児童文学もさまざまに変貌しています。

主に一九九〇年代以降の、日本児童文学者協会の文学賞（協会賞・新人賞）の受賞作品や受賞作家の作品、そして同時代の他の文学賞の受賞作家の作品、長編と短編を組み合わせて一巻ずつを構成したこのシリーズを、わたしたちは、「児童文学　10の冒険」と名づけました。「希望」が語られにくい今の時代の中で、大人と子どもがどのようにことばを通い合わせていくことができるのか。それはまさに「冒険」の名に値する仕事だと感じているからです。

今子ども時代を生きている読者はもちろん、かつて子どもであった人たちも、本シリーズに収録された作品たちを手掛かりに、それぞれの冒険の旅に足を踏み出せるよう願っています。

日本児童文学者協会「児童文学　10の冒険」編集委員会

出典一覧

香月日輪『地獄堂霊界通信(1)』（講談社青い鳥文庫）
那須正幹『お江戸の百太郎』（フォア文庫）
斉藤　洋『ひとりでいらっしゃい―七つの怪談―』（偕成社）
富安陽子『ムジナ探偵局 名探偵登場！』（童心社）

「児童文学 10の冒険」編集委員会
津久井 恵・藤田のぼる・宮川健郎・偕成社編集部
装 画……牧野千穂
造 本……矢野のり子(島津デザイン事務所)

児童文学 10の冒険

なぞの扉をひらく

発行 二〇一八年一〇月 初版一刷

編者 日本児童文学者協会

発行者 今村正樹

発行所 株式会社偕成社

〒一六二−八四五〇 東京都新宿区市谷砂土原町三−五

電話〇三−三二六〇−三二二一（販売部）

〇三−三二六〇−三二二九（編集部）

http://www.kaiseisha.co.jp/

印刷 三美印刷株式会社

製本 株式会社 常川製本

NDC913 250p. 22cm ISBN978-4-03-539790-8

むかしもいまもおもしろい

古典から生まれた新しい物語

全5巻

日本児童文学者協会・編

〈恋の話〉迷宮《めいきゅう》の王子　スカイエマ・絵

〈冒険の話〉墓場《はかば》の目撃者《もくげきしゃ》　黒須高嶺・絵

〈おもしろい話〉耳あり呆一《ほういち》　山本重也・絵

〈こわい話〉第三の子ども　浅賀行雄・絵

〈ふしぎな話〉迷《まよ》い家《が》　平尾直子・絵

©浅賀行雄

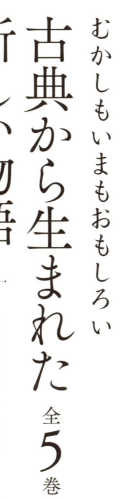